謀殺の四国ルート

西村京太郎

祥伝社文庫

目次

謀殺の四国ルート

1

(誰かに見られてる)

と、漠然《ばくぜん》と感じたのは、羽田《はねだ》空港の出発ロビーだった。

野村美矢子《のむらみやこ》は、女優だから、見られるのには馴《な》れている。さまざまな視線を、浴びせられもした。賞賛の眼、憧《あこが》れの視線、非難の眼、時には、ライバルからの憎しみの眼も。

だが、出発ロビーで、感じた視線は、得体が、知れなかった。

(気のせいかしら?)

とも、思った。

久しぶりに、四月十六日から三日間の休みがとれたので、気ままなひとり旅に出ようとしているのだ。

マネージャーにも、ボーイフレンドにも、行先は、告げていない。完全に自由な七十二時間を、楽しみたかったからである。

その途中で、ファンや、芸能レポーターにつかまったのでは、折角《せっかく》の休みが台無しになるので、ちょっとした変装をした。

美矢子は、現在二十七歳。十八歳で、ドラマに初めて出たのだが、その頃から、大人びた役が多かった。冷たい美貌《びぼう》ということで、高慢な令嬢役とか、若い恋人を捨てて、資産家の老人と結婚する役が、似合うと思われたのだろう。いつも、高価なドレスを身につけ、ハイヒールで、颯爽《さっそう》と歩くというイメージを持たれている。

だから、思い切って、ジーンズに、ぺちゃんこの靴をはき、頭には、登山帽をかぶった。化粧も、ほとんどしていない。

ファンが見ても、野村美矢子とは、わからないはずだし、芸能レポーターだって、見逃してしまうだろう。

それで、気のせいかなと、思ったのである。

羽田から、一二時〇五分発高松《たかまつ》行の飛行機に乗った。

美矢子は、四国の中村《なかむら》で生まれた。小京都といわれる小さく、美しい町である。今、両親は、すでに死亡し、兄と姉も、大阪と、東京に出て来ているから、中村には、もう、思い出しか残っていない。

中村に帰っても仕方がないと思い、ここ四年ほど、四国の土を踏んでいなかった。

三日間の休みがとれた時、急に、四国へ行ってみたくなった。なぜなのか、自分でも、はっきりしない。単なる郷愁なのか、それとも、中村にいる何人かの中学の同窓生に、女優になった自分を見せたかったのか、その両方かもしれない。

高知から、中村に向かえば一番近いのだが、それでは、三日間を楽しめない。そこで、高松から、まず、松山《まつやま》へ出て、道後《どうご》温泉に一泊する。そのあと、宇和島《うわじま》をめぐって、中村に行き一泊。三日目に、高知へ出て、飛行機で帰京する。それが、美矢子の考えたプランだった。

高松空港に着いたのが、一三時四〇分。予定より十五分おくれたのは、気流のせいである。

高松から、快速で、多度津《たどつ》に出て、そこから、松山行のL特急「しおかぜ9号」に、乗りかえた。

ウィークデイだが、春の観光シーズンのせいだろう、五両編成の列車は、ほとんど、空席がない。

2号車の半分が、グリーン席になっている。そこに、腰を下ろした時、美矢子は、また、

(見られている?)

と、思った。

そっと、グリーンの車内を見まわした。が、他の乗客は、窓の外を見ていたり、週刊誌

を読んでいたりするだけだった。

(気のせいだろうか？)

半信半疑《はんしんはんぎ》のまま、美矢子は、考え込んでいたが、窓の外が、暗くなってきた時、じっと、窓ガラスに映る車内の様子を、見つめた。

(やっぱり！)

と、美矢子は、思った。

反対側の窓際に腰を下ろした男が、ちらちらと、彼女を見ているのだ。

四十歳ぐらいの男だった。背広にネクタイという恰好《かっこう》だが、うすいサングラスが、それに合っていない感じがする。

ただのファンとは、思えなかった。芸能記者か、テレビのレポーターだろうか？　だが、だいたい、そういう連中は、顔見知りである。その中年男に、見覚えはなかった。

美矢子が、思い切って、眼を向けると、男は、あわてて、窓の外に視線を逃がした。間違いなく、彼女を、じっと、見ていたのだ。

(羽田から、つけているのだろうか？)

もし、そうだとしたら、何のためなのか。

終点の松山で降りると、美矢子は、タクシーで、道後温泉に向かった。

すでに、午後六時を過ぎていて、松山市内は暗く、街灯が、またたいている。美矢子は、時々、リア・シートから、うしろを見たが、あの中年男が、つけて来ているのかどうか、わからなかった。

道後温泉では、予約しておいたN観光ホテルに入った。予約した時も、野村美矢子の名前は使わず、本名の前田冴子《まえださえこ》にしておいた。今度の三日間は、誰にもわずらわされず、のんびりと過ごしたかったからである。

フロントで、名前を書いた時も、若いフロント係は、別に、妙な顔をしなかった。女優の野村美矢子とは、気づかないのだ。

すぐ、夕食を運んでもらい、それをすませてから、散歩に出た。

五、六分歩いたところに、商店街があり、土産物店が、ずらりと並んでいる。観光客が、ぞろぞろと歩いていた。温泉町らしく、丹前《たんぜん》姿の泊まり客も多い。

昔ながらの、陶器や、菓子類を売っている土産物店が多いが、中には若者向けに、色とりどりのガラス細工を並べている店もあった。

美矢子は、ゆっくりと、見て歩いたのだが、誰にも、声は、かけられなかった。彼女と気づく人が、いないのだ。

その商店街を抜けて、少し足をのばすと、「坊っちゃん」で有名な道後温泉本館がある。古めかしい木造三階建の建物だった。

美矢子は、前に、ドラマのロケで、ここに来たことがある。そんなことを思い出しながら、建物を眺めていたが、ふと、視線をそらせた時、こちらを見ているあの男が、視界の中に、入った。

（また、いた）

と、思った。

気の強い美矢子は、急に腹が立ってきて、いきなり、男に向かって、歩き出した。男にとって、彼女の行動は、意表をついていたらしい。あわてて、逃げ出した。

それに、追いついて、腕をつかむと、

「誰なの？」

と、きいた。

男は、開き直った眼になって、

「どうして、あんたに、名前をいわなきゃいけないのかね？」

「私を、ずっと、つけていたじゃないの。いいわけはきかないわ。松山へ来る列車の中でも、私を、見てたじゃないの！」

美矢子は、男の顔を、睨《にら》んだ。急に、男の顔に、微笑が、浮かんだ。

「申し訳ない。正直にいいましょう」

と、いった。美矢子が、今度は、拍子《ひょうし》抜《ぬ》けした顔になって、

「じゃあ、認めるのね？」

「ええ。認めますよ」

「なぜ、私をつけてるの？」

「実は、僕も、四国へ行くので、羽田に向かったんですよ。出発ロビーで、待ってたら、あなたに会った。どうも、誰かに似ているんだが、なかなか、思い出せない。それで、つい、じろじろ、見てしまったんですよ」

「――――」

「高松から、列車に乗ってからも、同じなんですよ。誰かに似ているんだが、思い出せない。それが、気になって、仕方がない。あなたにだって、そんなことがあるでしょう？」

「――――」

「そうしている中《うち》に、やっと、思い出したんですよ。そうだ！　女優の野村美矢子に似ているんだと、わかったんですよ。どうですか？」

「どうですかって？」

「本当は、野村美矢子さんなんでしょう？　お忍びで、四国に遊びに来ているんじゃない

んですか？」

「違いますわ」

と、美矢子は、いった。

「変だなあ。僕は、てっきり、野村美矢子だと思っていたんですがねえ。ねえ、芸能週刊誌なんかには、知らせないから、正直にいってくれませんかね。僕の妹が、大変なファンなんですよ」

と、男は、いう。

「あいにくですけど、私は、野村美矢子じゃありませんわ」

と、美矢子は、突っぱねた。

男は、がっかりしたように、肩を落として、

「そうですか。違いますか。野村美矢子さんなら、一緒に写真をとって、サインをしてもらおうと、思ってたんですよ」

「違いますわ」

「そういえば、違うな。失礼だが、あれほど、妖艶《ようえん》じゃない。申し訳なかった。もう、正体を知りたくて、じろじろ、顔を見たりはしませんよ」

と、男は、小さく、頭を下げ、立ち去ってしまった。

（それだけのことだったのか——）

美矢子も、何か、拍子抜けした気分で、ホテルに向かって、歩き出した。

美矢子は、気が強いので、これまでに、スタッフとも、ケンカをしてきたし、後輩の女優たちに、意地悪もしてきた。

だが、そんなことは、タレントの世界では、よくあることなのだ。彼女自身、新人の時には、よく、意地悪をされている。

だから、順送りにしているだけである。従って、そのことで、恨《うら》みを買うとは、考えられなかった。多少、意地悪されたくらいで、怒るような人間は、この世界から、はじき出されてしまうだろう。

ホテルに戻り、温泉に入った。ゆったりした浴槽につかり、広いガラス窓の向こうの夜景に眼を遊ばせていると、あの妙な男のことも、忘れてしまった。

部屋に入ると、フロントに電話して、マッサージを呼んでもらった。身体をもんでもらいながら、いろいろと、話をきくのを、美矢子は、楽しみにしていた。

「何か面白い話ないかしら？」

と、美矢子が、きくと、目が悪いという、小柄なマッサージ師は、

「お客さん、何処《どこ》まで、いらっしゃるんですか？」

「明日、宇和島を通って、中村に行くつもり。そのあと、高知から、飛行機で、東京に戻るつもりだけど」

と、美矢子は、いった。

「宇和島から、中村へは、バスですか？」

「車に弱いから、列車で、窪川《くぼかわ》へ出て、そこから、くろしお鉄道で、中村へ行くつもりにしてるけど、なぜ？」

「土佐くろしお鉄道に、お乗りになったら、ずっと、窓の外を、見ていて、ごらんなさい」

マッサージ師は、丁寧《ていねい》に、肩のあたりをもみながら、秘密めかして、小声でいう。

「何か、面白いものが、見えるの？」

「ええ。そうです」

「何が見えるの？」

「それは、私には、わかりませんが、お客さんは、楽しいものを見たと、おっしゃるようですよ」

「でもね。窪川から、中村まで、一時間かかるわ。乗り入れの特急でも、四十分はね。その間、ずっと、窓の外を見てるの？」

「ええ。楽しいものを見たかったら、そのくらいは、辛抱《しんぼう》しないと」

「窓のどちら側を見てたらいいの？」

「中村行に乗ったら、右側ですよ」

と、マッサージ師は、いう。

美矢子は、「へえー」と、声を出して、マッサージ師を見てから、

「ねえ。どんなお客にも、今みたいな話をするの？」

と、きいた。

「いえ。きかれた場合だけですよ。お客さまが、何か面白いことはないかといわれたし、中村までお行きになると、いったので、お話ししたんです」

「ふーん」

と、美矢子は、鼻を鳴らした。

「仰向《あおむ》けになっていただけませんか」

「いいわ」

美矢子が、仰向けになると、マッサージ師は、足先を、ゆっくりと、もみ始めた。

「うまいわ」

「ありがとうございます」

「中村行の電車に乗って、ずっと、右側の窓から外を見てたらいいのね？」

「はい」

「明るくないと、駄目ね？」

「そうですね。暗いと、見えませんから」

「ねえ。何が見えるか、教えてくれない？」

「お話をすると、お客さまの楽しみが、半分になってしまいますから。それに、私にも、よくわからないんですよ」

「いつから、そんなことになってるの？　何か面白いものが、見えるということに」

「さあ、それも、わかりません」

「まさか、私を、からかってるんじゃないでしょうね？」

「とんでもありません。私は、嘘《うそ》なんか、申しあげません」

と、マッサージ師は、いった。

そのマッサージ師が、帰ってしまうと、美矢子は、籐椅子《とういす》に腰を下ろした。冷蔵庫から、缶ビールを取り出して、飲み始めた。

飲みながら、今のマッサージ師の話を、思い出した。

からかわれたような気もするし、本当のような気もする。四国観光の一つとして、観光客に、あんな思わせぶりな話をする。それで、何もなければ、観光客は、怒ってしまうだろうが、何か、やっていればいいのだ。河原に、ミス・四国が立っていて、手を振るだけでもいいだろうし、何とか音頭を踊って見せてもいい。

そんなことだろうか？

（最近は、宣伝ばやりだから）

と、思った。

2

翌朝、早く起きてしまったのは、やはり、マッサージ師の言葉が、頭に、残っていたからだろう。

窪川からの土佐くろしお鉄道には、明るい中に、乗りたいと、思ったからである。

松山発七時五一分のL特急「宇和海《うわかい》1号」に乗った。これに乗れば、宇和島に、九時三八分に着き、明るい中に、土佐くろしお鉄道に、乗れるのだ。

（こんなに早く起きたのは、初めてだわ）

と、乗ってからも、美矢子は、ひとりで、文句をいっていた。

宇和島には、定刻の九時三八分に着いた。

ここから先は、予土《よど》線で、特急も、急行もないから、各駅停車の普通列車に乗らざるを得ない。

駅構内の喫茶店で、コーヒーを飲んで、時間を潰《つぶ》してから、宇和島発一〇時四〇分の列車に乗った。一両だけの単線運転の気動車である。

二時間余りかけて、やっと、窪川に着いた。

ここから、中村へ行く土佐くろしお鉄道は、第三セクターである。

JRの列車も、乗り入れていた。

岡山発のL特急「南風《なんぷう》1号」が、窪川に、一二時五六分に着き、そのまま、土佐くろしお鉄道に、乗り入れる。美矢子は、この列車で、中村へ行くことにした。

南風1号は、窪川に、二分停車したあと、一二時五八分に、発車した。

三両編成で、先頭の1号車の半分が、グリーン席である。

美矢子は、右の窓側の座席に腰を下ろし、窓に眼をやった。

出発して、すぐ、トンネルに入った。出ると、また、トンネルである。今度は、トンネルの中で、大きな弧《こ》を描く。

やがて、左手に、太平洋が見えてきた。が、右側の座席にいる美矢子には、海は見えない。

（あのマッサージさん、右と左を間違えたんじゃないかしら？）

と、美矢子は、思った。

それとも、全部、無責任な嘘だったのだろうか？

無人駅などを経《へ》て、古津賀《こつか》に着いた。次が中村である。

（やはり、いいかげんなことをいわれたのだ）

と、思った。

それでも、右側の席を動かなかったのは、あと一駅という気があったからである。

古津賀を出ると、四万十川《しまんとがわ》の支流である後川《うしろがわ》にかかる鉄橋を渡る。

川面《かわも》が、午後の陽射しを受けて、光って見えた。

河原に人がいるのが見えた。

（あッ、あの男！）

と、美矢子は、思った。羽田から、松山の道後温泉まで、尾行して来た男なのだ。

向こうも、こちらを見て、ニヤッと笑った。が、次の瞬間、近くの草むらから、突然、黒っぽい服を着た人間が、起きあがり、例の男の背後から、ナイフで、襲いかかった。

「あッ。人殺し！」

と、傍《そば》の座席で、若い女が、声をあげた。

美矢子は、必死で、眼で追った。が、列車は、たちまち、後川を渡り切り、あの男は、見えなくなってしまった。

悲鳴をあげた二十一、二歳の女が、興奮した顔で、美矢子に向かい、

「ねえ。今、見たでしょう。河原で、人が、殺されたわ。見たでしょう？」

と、まくし立てた。

美矢子も、青ざめた顔になっていた。が、興奮している女には、

「私は、見てないの」

と、美矢子がいうと、

「見てたじゃないの！」

と、相手は、怒ったように声を出した。

「でも、最後までは、見られなかったわ。あなたは、死ぬのを見たの？」

美矢子は、逆に、きいた。

「河原にいた人を、もう一人が、ナイフで、刺したわ」

「でも、死んだかどうかは、わからないんじゃないの。怪我《けが》しただけかもしれないわ」

「いいえ。力一杯、刺したから、死んだに決まってるわ。ね。一緒に、警察へ行って、証

言して！」

と、女は、甲高《かんだか》い声を出した。

列車は、すでに、中村駅に着いている。美矢子は、ショルダーバッグと、ハンドバッグを持って、立ち上がってから、女に向かって、

「あなたが、見たんだから、ひとりで、警察に行って来たらどうなの？」

と、きいた。

「私ひとりじゃ、信じてもらえないわ。だから、一緒に行って欲しいわ」

と、女は、いう。その熱意に負けて、美矢子は、

「いいわ」と、いってしまった。

中村駅の外に、派出所があった。美矢子と、女は、その派出所に顔を出し、古津賀と、中村の間の河原で、人が刺されるのを見たと、そこにいた若い警官に、話した。

警官は、半信半疑の顔で、

「それ、間違いないんだろうね？」

と、訊《き》いた。

「私は、男二人がいて、一人が、もう一人を、ナイフで刺して殺すのを、はっきり見たわ。すぐ、あの河原に行ってみて！」

と、若い女が、叫ぶように、いった。

「あなたは？」

と、警官は、美矢子を見た。

「私も、見ました」

と、美矢子は、いったが、続けて、

「でも、殺されたのは、見てませんわ。あっという間に、見えなくなりましたもの」

「殺されたわ！」

と、また、女が、叫んだ。

二人が、いったせいで、警官も、少しずつ、信じ始めたのか、眼が、真剣になっていった。

「二人とも、犯人の顔を、見たんだな？」

と、警官は、訊いた。

「私は、よく見てなかったけど、この人は、見たと思うわ」

女が、勝手に、決めつけて、美矢子を、指さした。

「本当ですか？」

と、警官が、訊く。

美矢子が、何かいいかけると、女が、押しかぶせるように、

「この人は、最初から、ずっと、窓の外を見てたんだから、きっと、犯人の顔を見てたはずだわ」

と、いった。

確かに、美矢子は、ずっと、窓の外を見ていた。が、それは、道後温泉のマッサージ師の言葉のせいである。ただ、そのことをいっても、警官は信用してくれないだろう。

「そうなんですか？」

と、警官が、訊いた。

「私は、観光に来たから、窓の外の景色を見ていただけですわ」

あわてて、美矢子は、弁明したが、警官は、

「それでも、じっと、窓の外を見ていたのは、間違いないんでしょう？」

「ええ、まあ」

「じゃあ、犯人を見たんですね？」

「でも、顔は、はっきり覚えていませんわ」

と、美矢子は、いった。

警官は、どこかへ電話を掛けた。やがて、ジープのパトカーがやって来た。

派出所の警官は、美矢子と、もう一人の女に向かって、

「とにかく、現場を見て来ますから、あなた方は、ここから、動かないでください。もし、死体があったら、お二人に、改めて、詳しく、話を訊きますからね」

と、いい残し、ジープを運転して来た警官と一緒に、出かけて行った。

(妙なことになってしまったわ)

と、美矢子は、思い、帽子をとって、煙草をくわえた時、一緒の女が、のぞき込んで、

「ねえ。あなた、女優の野村美矢子さんじゃないの？」

と、大きな声を出した。

美矢子が、わざと、相手を無視して、煙草に火をつけると、女は、なおも、顔を近づけて来た。

「やっぱり、野村美矢子だわ。驚いたなあ。こんなところで、会うなんて」

と、女は、まだ、いっている。

なおも、美矢子が、黙っていると、女は、勝手に、

「私も、東京から、観光で、遊びに来たの。ＯＬをしている久保《くぼ》ゆう子といいます。よろしく。サインでもしてもらおうかな」

と、喋《しゃべ》り続けた。

美矢子は、うっとうしくなって、煙草をくわえたまま、派出所の外に出た。

さすがに、外まで追いかけては来なかったが、それでも、好奇心一杯の顔で、女は、こちらを見ている。

（とんだ休みになっちゃったわ）

と、美矢子は、思った。道後温泉までは、うまくいったのに、中村で、妙なことになってしまった。いや、道後でも、変な男につけられたのだから、今度の休みは、最初から、ついていなかったのかもしれない。

（何とか早く解放されたいな）

と、思っている中に、パトカーのジープが、戻って来た。

さっきの警官が、興奮した顔で、飛び降りて来ると、続いて、私服の刑事も、降りて来た。

私服の刑事は、美矢子と、もう一人の女に向かって、警察手帳を見せ、

「県警の長谷部《はせべ》です」

と、ぶっきらぼうに、名乗ってから、

「お二人は、犯行を目撃されたそうですね？」

「やっぱり、死んでたんでしょう？」

女が、きらきら眼を光らせて、きく。

「確かに、あの河原で、男が、背中を刺されて、死んでいましたよ」

と、長谷部刑事は、いった。

「あの男の人、何者なの？」

「東京の人間で、名前は、町田公一郎《まちだこういちろう》です。それ以上のことは、まだ、わかりません。それより、あなた方は、犯人を見たんですね？　顔も覚えていますか？」

刑事は、二人の顔を、見比べるようにした。

女は、妙に、はしゃいだ様子で、

「殺すのを、見たわ。でも、犯人の顔を、はっきり見たのは、この人。ねえ、この人、女優の野村美矢子さんよ。女優さんだから、きっと、人の顔を、覚えてると思うわ」

と、余計なことを、刑事に、いった。

長谷部は、ちょっと、びっくりした眼になって、美矢子を見た。

「本当ですか？」

「ええ。でも、今は、休みで、来てるんです」

美矢子は、怒ったような声を出した。

長谷部は、そんな美矢子の顔を、さらに、じろじろ、見て、

「犯人の顔は、ご覧になったんですね？」

「ちょっとしか、見ていませんわ」

「ちょっとでも構いません。モンタージュを作りますから、そちらの女性の方と二人、協力していただきたいと思います」

「休みが、明日一日しかないんです。あまり、拘束《こうそく》されるのは、困るんですけど」

と、美矢子は、いった。

「お気持ちは、わかりますが、殺人事件ですからね。市民の義務として、協力していただきますよ」

と、長谷部刑事は、有無をいわせぬ調子で、いった。

3

美矢子と、久保ゆう子と名乗る女は、中村警察署に案内された。というより、美矢子の身になれば、連れて行かれたといったほうが、適当だった。

中村署では、絵の上手《うま》い警官が、二人に、犯人の人相をきき、それを、モンタージュにしていった。

なかなか、うまくいかず、時間がかかった。美矢子と、久保ゆう子のいうことが、食い違ったりするからである。

美矢子自身にしても、ぱっとした犯人の印象というのは、はっきり残像として覚えているのだが、眼は？　口は？　と、細《こま》かくきかれると、自信がなくなってしまう。

それに、なるべく早く解放されたいので、面倒くさくなると、久保ゆう子のいうことに、賛成してしまった。

何とか、犯人のモンタージュができあがったのは、二時間余りたってからである。

美矢子は、パトカーに送ってもらって、中村市内のPホテルに入った。

（ひどい目にあったわ）

と、思い、熱いシャワーを浴び、思い出して、マネージャーの里見保《さとみたもつ》に、電話を掛けた。

マネージャーには、居所は、知らせない代わりに、こちらから連絡して、急用ができてないかどうか、きくと、約束してあったからである。

里見の自宅マンションに、掛けた。

電話は鳴るのだが、いっこうに、相手が出ない。

（留守なのかしら？）

眉《まゆ》をひそめたのは、里見が、何時でも家にいますからと、いっていたからである。

夕食をとり、そのあとで、もう一度、掛けてみた。が、相変わらず、出ない。独身のマネージャーというのは、こういう時、不便である。

美矢子は、今度は、所属するプロダクションに、電話を掛けた。

わざと、声を、作って、受付の女の子に、

「マネージャーの里見さん、お願いします」

と、いってみた。

「昨日から、お休みです」

「休みなんですか？」

「はい」

「何処へ行ったか、わかりません？」

と、きくと、急に、男の声に代わった。

「うちでも、里見君を探しているんですよ。無断欠勤で、困っているんです！」

怒鳴るように、いったのは、営業部長の広沢《ひろさわ》に違いなかった。

美矢子は、自分と知られて、あれこれきかれるのが嫌で、あわてて、電話を切ってしまった。

「すぐ帰って来てくれ」

とでもいわれたら、折角の休みが、めちゃめちゃになってしまう。

（それにしても、里見の奴《やつ》、何をしてるんだろう？）

と、マネージャーに、腹が立った。必ず連絡してくださいよと、向こうから、くどくどいっていたのに、美矢子が休みをとったのを幸い、サボっているのか。

夜のテレビで、事件のことが、報道された。

殺された男の顔が、画面に出た。やはり、羽田から尾行して来た男である。

運転免許証から、東京の世田谷《せたがや》に住む町田公一郎とわかったと、アナウンサーは、いっている。まだ、職業などは、不明とも、アナウンサーは、喋っている。

〈幸い、列車の窓から犯行を目撃した乗客がおり、犯人のモンタージュが作られています〉

とも、いった。

目撃者の名前が出なかったので、美矢子は、ほっとした。

〈女優の野村美矢子が、殺人の目撃者〉

とでも、いわれたら、たちまち、芸能レポーターが、押し寄せて来るだろう。気の強い美矢子は、いつも、芸能レポーターと、衝突している。また、こんなことで、衝突したら、休みは、完全に、消えてしまうではないか。

翌朝早く、美矢子は、気分直しに、タクシーを頼んで、四万十川を、見に行った。

川が見えるところで、タクシーに待っていてもらい、川岸まで、歩いて行った。

河口に近いので、四万十川は、ゆったりと、流れている。まだ、遊覧船は、動いていない。釣り人の姿もなかった。

美矢子は、立ったまま、川面を、眺めた。彼女が、子供の頃、遊んだ川である。今では、日本一の清流と呼ばれて、有名だが、子供には、そんな意識はなく、ただ、生まれた時から、身近にある遊び場だった。

美矢子は、しゃがみ込み、そっと、指先を、水に浸《つ》けてみた。早朝のせいか、水は、冷たかった。

(子供の頃、どのあたりで、水遊びをしたんだっけ?)

もっと、上流だろうか?

場所が、わからなくなっていることに、美矢子は、愕然《がくぜん》とした。そんなに、年をとってしまったのだろうか?

美矢子は、タクシーに戻り、ホテルに帰った。

チェック・アウトの仕度《したく》をするために、自分の部屋に入った美矢子は、

(おや?)

という眼になった。

部屋の様子が、変だった。乱雑なのは、いつもの通りだが、その乱雑さが、ちょっと、おかしい。

(誰かが、部屋に入ったのだ)

と、思った。

(泥棒が入ったのだろうか?)

しかし、ハンドバッグの中の財布には、一万円札が、盗まれずに入っていたし、エメラルドのペンダントも、無事だった。

ハンドバッグの中身で、運転免許証だけが、抜き出され、三面鏡の上まで、移されていた。明らかに、家探しをした人間は、免許証に興味を示したのだ。

フロントを呼ぼうと、電話に手を伸ばしたが、やめてしまった。

盗まれたものがないのに、ルーム係を呼んでも、かえって、芝居と思われるのではないかと、思ったからだった。

このホテルは、古い建物で、ドアの錠も、新しい電子錠ではない。だから、うまくやれ

ば、ドアは、開けられるだろう。

美矢子は、何も盗《と》られていないことに、ほっとしながらも、それだけに、かえって、薄気味悪くもあった。

犯人の目的が、わからなかったからである。

(昨日の事件と、関係があることかしら?)

とも、考えた。

もし、そうなら、部屋を荒らした犯人の目的は、美矢子が何者か、それを調べることだったのかもしれない。

いくら考えても、結論が出ないので、美矢子は、出かけることにした。ぐずぐずしていて、また、刑事たちが来て、昨日のことを、あれこれ質問されるのは、かなわなかったからである。

美矢子は、中村駅へ行き、午前九時三九分発のL特急「南風8号」に、乗った。

グリーン車に、腰を下ろして、窓の外に眼をやると、いやでも、昨日のことが、思い出された。

町田という、殺された男は、いったい、何者なのだろう? 明らかに、あの男は、羽田から、美矢子を、尾行して来たのだ。

（まさか、そのために、殺されたのでは、ないだろう）

と、考えたりした。

その次に、頭に浮かんで来たのは、マッサージ師のことだった。あのマッサージ師は、なぜ、右側の窓の外を見ていろと、いったのだろうか？　まさか、殺人を予想して、美矢子にすすめたのではないだろうが。

おかしなことが多いし、おかしな人間が多過ぎると、思う。同じ殺人の目撃者になった久保ゆう子という女だって、おかしな女なのだ。やたらに、騒々しいし、あれ以来、姿を消してしまった。

高知に着いたのは、一一時二二分だった。

駅から、マネージャーの里見に、もう一度、電話を掛けたが、いぜんとして、留守だった。

（今日一杯、サボる気なんだわ）

と、思った。

よく気のつくマネージャーだが、同時に、小心で、細かい。美矢子のマネージャーになって、三年になる。わがままな美矢子のご機嫌をとって、辛抱強く、やっている。

日頃、鬱積《うっせき》したものがあったのだろう。だから、美矢子が、三日間、休みをとったので、ほっとして、自分も、無断で、休みをとっているのではないだろうか。

美矢子は、腹を立てながらも、まじめくさった里見が、どこかで鼻毛を伸ばしている姿を想像すると、おかしかった。

（でも、帰ったら、ちょっと脅してやろう）

と、思った。

高知発の航空便の最終まで、まだ時間があるので、美矢子は、タクシーで、桂浜《かつらはま》に行くことにした。

天下の名勝というわりには、実際は、小さな浜である。だが、龍馬《りようま》の像があったり、水族館があったり、闘犬の実演館などがあって、今日も、観光客が、集まっていた。

美矢子は、サンゴ細工や、民芸品などを売っている土産物店を、のぞいてまわっていたが、中年の女性のグループが、急に、美矢子のほうを指さして、小声で、囁《ささや》き始めた。

野村美矢子と、気づいたらしい。

美矢子は、面倒くさくなりそうだと思って、その場から、逃げ出した。

龍馬の大きな像のある小さな丘へ、あがって行った。

そこを通り過ぎると、急に、観光客の姿が少なくなる。これといったものが、ないからだろう。

ひとりになれて、ほっとして、立ち止まり、海を眺めた。

背後で、小さく、足音がした。

それを、観光客の一人だろうと、思って、海に向かったまま、やり過ごそうとした時だった。

危ないなと、気配のようなものを感じて、うしろを向きかけた時、いきなり、何か、かたいものが、襲って来た。

激痛が襲い、美矢子は、地面に倒れたまま、意識を失っていった。

眼を開けた瞬間、痛みが戻って、美矢子は、呻《うめ》き声をあげた。

ベッドの上に寝かされ、看護婦が、傍にいた。

天井が、白い。薬の匂《にお》いがした。どうやら、病院に、運ばれたらしい。

看護婦が、のぞき込み、

「気がつきました?」

と、きく。

美矢子が、黙ってうなずくと、看護婦は、病室を出て行った。

すぐ、男を連れて、戻って来た。

美矢子は、ズキズキする痛みを、こらえながら、入って来た男の顔を見た。

昨日の刑事だった。確か、長谷部とかいう刑事だった。

「誰に殴られたんです？」

と、長谷部刑事が、上体を曲げて、彼女の顔を、のぞき込んだ。

「大丈夫です――」

と、美矢子は、短く、いった。

「狙《ねら》ったのは、誰かね」

「そんなこと、わかりませんわ！」

声を大きくしたとたんに、後頭部に、激痛が走って、また、悲鳴をあげた。

「痛むみたいですね」

と、長谷部が、きく。

また、美矢子は、黙って、うなずいた。

「われわれは、昨日の事件で、あなたが、証言してくださったのが、原因ではないかと、思っているんですよ」

と、長谷部刑事が、いった。

「なんで、そんなことが――」

と、美矢子は、いった。が、頭の痛さで、なかなか、自分の考えが、まとまってくれない。きっと、馬鹿みたいな返事になっているんだろうと、美矢子は、思った。

「町田を殺した犯人が、目撃者のあなたを、狙ったんじゃないかと、思っているんです。目撃者を消せというわけです」

「でも、私の他に、もう一人いるじゃありませんか――」

と、美矢子が、いった。自分の声が、ひどく遠くできこえるような気がする。

「久保ゆう子さんでしょう。彼女のことも心配ですが、どこにいるのかわからないので、いろいろ手配をしているんですよ」

と、長谷部刑事は、いう。

「痛いわ――」

と、美矢子が、また、悲鳴をあげた。

看護婦が、医者を呼び、鎮痛剤の注射が射《う》たれた。

遠慮して、長谷部が、病室を出て行った。

注射がきいたのか、美矢子は、眠った。

再び、眼をさました時、窓の外が、暗くなっていた。

いつの間にか、夜になってしまっているのだ。幸い、頭の痛みが、和《やわ》らいでいる。

看護婦が、のぞき、美矢子が、目ざめたのを見て、食事を、運んで来てくれた。

「ここ、どこの病院？」

と、美矢子は、看護婦に、きいた。

「高知市内の病院ですわ」

と、看護婦は、いった。

「桂浜から、運ばれて来たのね」

「ええ。救急車で」

と、看護婦は、いってから、

「女優の野村美矢子さんでしょう？　あなたのファンなんです」

と、いって、微笑した。

「ありがとう」

「さっきの刑事さんがいってましたけど、昨日の殺人事件を、目撃されたんですってね」

「偶然よ。おかげで、ひどい目にあったわ。折角の休みが、台無しになるし、頭を殴られるしでね。私の頭は、どうなの？　内出血があったりして、危険じゃないの？」

美矢子は、それが、一番気になっていた。半身不随にでもなってしまったら、もう、女優は、できなくなってしまうからだ。

看護婦は、ニッコリして、

「大丈夫ですわ。幸い、内出血はせずに、殴られた時、血が、どっと、噴《ふ》き出したんだと思いますわ。だから、手術もせずにすむと、先生が、おっしゃってました。その代わり、運ばれて来た時、洋服にまで、血が流れていましたよ」

と、いった。

「どのくらいで、退院できるのかしら?」

「傷口が、ふさがれば、あとは、退院して、自宅で静かにしていればいいことになりますよ」

「退院できるのは、明日?」

「そんなに早くは、無理ですね。三日間は、ここで、様子を見ないと」

と、看護婦は、いった。

「三日も——」

「それでも、早くてですよ。ああ、それから、三時のテレビで、野村さんのことを、やっていましたわ。桂浜で、何者かに、襲われたとしか、まだ、いっていませんけど」

看護婦は、楽しそうにいう。有名人の噂話《うわさばなし》が好きなんだろうし、その有名人が、今、自分の傍にいることが、楽しくて、仕方がない感じだった。

「この病院に入っていることは、出ていなかった？」

と、美矢子は、きいた。頭を殴られて、痛みに悩まされているうえに、芸能レポーターに押しかけられたのでは、かなわないと、思ったからである。

看護婦は、ニッコリして、

「その点は、大丈夫ですよ。警察も、この病院の名前は、伏せてるようですし、私たち、病院関係者も、口がかたいですから」

と、いった。

「お願いするわ。こんなことで騒がれるのは、ごめんだから」

と、美矢子は、いった。

4

京王《けいおう》線明大前《めいだいまえ》近くのマンション「明大第二コーポ」の住人から、504号室の様子がおかしいという訴えが、派出所に寄せられた。

503号室に住むサラリーマンの妻や、管理人からである。

郵便物や、新聞が、郵便受けからあふれているし、何か、変な匂いがするというのである。

最初は、留守中の人間の部屋を、いちいち、チェックはできないと、取り合わなかった派出所の警官も、重い腰をあげ、管理人と一緒に、問題の部屋に入ってみた。

管理人が、スペア・キーを持っていないというので、ドアの錠を毀《こわ》して、中に入った。

確かに、変な匂いがする。ものの腐った匂いだった。

入口には、押し込まれた新聞や郵便物が、散乱している。

（こりゃあ、腐臭というやつだな）

と、中年の警官は、顔をしかめながら、奥に、進んだ。

2DKの部屋である。

ベランダのある奥の六畳に、布団が敷かれ、その上に、男が、俯《うつぶ》せに倒れていた。

パジャマ姿で、首に、何か、細く、黒い紐《ひも》が、食い込んでいるのが、見えた。

近づくと、死臭が、ひどかった。

警官が、その死体を見つめながら、

「この部屋の人かね？」

と、管理人に、訊いた。

「ええ。そうです。里見さんですよ」

管理人の声が、かすかに、ふるえていた。

「電話を使わせてもらうよ」

と、警官は、いい、部屋にあった電話で、報告した。

すぐ、パトカーや、鑑識の車が、到着した。

パトカーから、捜査一課の十津川《とつがわ》と、刑事たちが降りて来て、504号室に入って行った。

若い西本《にしもと》刑事が、漂《ただよ》う死臭に、眉を寄せ、ベランダへの窓を開け放った。

死体は、仰向けにされた。

死体の顔は、変色している。首に巻きついているのは、細身のネクタイだった。

「死後、三、四日は、経過しているね」

と、検視官が、十津川に、いった。

十津川は、2DKの二つの部屋を、注意深く、調べた。

縦長の配置で、玄関を入ってすぐが、六畳の洋間で、簡単な応接セットが置かれているのだが、そこの灰皿が、床に転がり、椅子の一つが、倒れていた。

その状態からすると、被害者は、洋間で、犯人と争い、奥の和室に逃げたところで、殺されたらしいと、十津川は、思った。

机の引出しを調べていた西本刑事が、何枚かの名刺を取り出して、十津川に見せた。

同じ名刺で、プロダクションの名前と、里見の名前が、刷られていた。

十津川は、手袋をはめた手で、そのプロダクションに、電話を掛けた。

「里見さんという方は、そちらの社員ですか？」

と、訊いた。

「ええ。うちの社員です。野村美矢子のマネージャーをやっていますが、彼が、どうかしましたか？」

と、男の声が、きき返した。

「明大前のマンションの自室で、殺されているのが発見されました。年齢、三十二、三歳、身長約一六五センチ、口元にかなり大きなホクロがある——」

「ええ。そうです。間違いありません」

「死後、三、四日たっているんですが、里見さんは、そちらを、休んでいたんですか？」

と、十津川は、訊いた。

「彼は、今、いったように、野村美矢子のマネージャーでしてね。彼女が、休みをとっているので、彼も、休んでいたわけです」

「ちょっと、待ってくださいよ。野村美矢子というと、四国で——？」

と、十津川は、訊いた。

「そうです。四国で、暴漢に襲われて、怪我をして、入院しています。里見君に、電話したら、出ないので、ああ、ニュースで知って、四国へ駆《か》けつけたんだなと、思っていたんですが」

と、相手は、いった。

「とにかく、話をききたいので、里見さんのことをよく知っている人に、こちらに、来てもらいたいんですがね」

と、十津川は、いった。

「わかりました。部長が、四国の高知へ、出かけたところなので、私が、伺います。私は営業課長の五十嵐《いがらし》と申します」

と、相手は、丁寧に、いった。

その五十嵐は、四十分後に、車で、駈けつけた。

四十歳前後の男で、肩書きつきの名刺を、十津川に渡してから、死体の確認をしてくれた。

その死体が、運び出されたあと、十津川は、五十嵐に向かって、

「里見さんというのは、どういう人ですか？」

と、訊いた。

「よく働く、社員ですよ。大学を出てすぐ、うちの会社に入っています。ですから、もう、十年近く、働いていることになります」

「野村美矢子のマネージャーは、いつから、やっているんですか？」

と、十津川は、訊いた。

「三年前からです。神経が細かく、よく気がつくので、彼女も、里見君が、気に入っていたんです。さぞ、びっくりすると思いますよ」

「会社を休んでいたそうですね？」

「ええ。野村美矢子が、久しぶりに、三日間の休みをとったので、里見君も、ほっとして、休んでいるんだろうと、思っていたんです。マネージャーというのは、神経が、疲れる仕事ですからね。たいてい、ストレスで、胃をやられるんですよ。そうしたら、こんなことになっていたとは、全く、知りませんでした」

五十嵐は、小さな溜息《ためいき》をついた。

「里見さんに、敵はいましたか？」

と、十津川は、常識的な質問をした。これは、捜査の決まり文句みたいなものだった。

「敵はいませんでしたよ。優しい、いい男でしたからね」

と、五十嵐も、当たり障《さわ》りのない答え方をした。

十津川は、四国で襲われた野村美矢子のことを考えていた。

(二つの事件は、何か関係があるのだろうか?)

5

美矢子の包帯が、やっと、取れた。医者のいった通り、後遺症らしきものは出ない。ただ、髪がおかしいのは、治療の時、傷の周辺の髪をカットしたからである。

退院の日、プロダクションから、五十嵐が、迎えに来てくれた。

「うちは、大変だったよ。君は、この四国で入院しちまうし、東京じゃあ、マネージャーの里見君が、殺されるしでね」

と、五十嵐は、溜息をついた。

「里見さんを殺した犯人は、見つかったんですか?」

と、美矢子は、きいた。

「それが、警察も、お手あげみたいでね。動機がわからんそうだ。里見君自身に対する恨みなのか、それとも、うちのプロダクションに対する恨みなのか、それとも——」

「私への恨み？」

「その可能性もあると、警察は、いってるんだ。君を殴った奴は、捕まりそうなのかね？」

「わからないわ。早く捕まえてもらわないと、私は、また、襲われるわ」

「犯人は、君が、殺人を目撃したので、口をふさぐことを、狙っているんだろうね？」

「ええ。他には、考えられないし、ここの警察も、そう考えているわ。私を殺すことより、脅しをかけるのが目的じゃないかって」

「なるほどね。犯人は、捕まった時、目撃者の君に証言されるのが、怖いんだ。有罪の決め手だからね」

「でも、目撃者は、もう一人いるのよ。私の口を封じたって、彼女が証言するわ」

と、美矢子は、いった。あの威勢のいい娘は、きっと、脅かされても、平気で、法廷で証言するのではないか。

「二人いるんなら、何も、君が、表に立つことはないな」

と、五十嵐は、ほっとした顔になった。プロダクションの人間としては、商品の美矢子に、少しでも傷がつくのが、怖かったからである。

二人は、病院の看護婦から花束をもらって、高知空港に向かった。

空港ロビーで、搭乗時間がくるのを待っていると、アナウンスがあった。

「野村美矢子さん。いらっしゃいましたら、空港受付まで、おいでください。電話が、掛かっております」

それが、繰り返された。

「警察からかもしれないわ」

と、美矢子が、眉をひそめた。

警察には、黙って、病院を出てしまった。それを知って、あわてて、電話で、追いかけて来たのではないか。

「容疑者が捕まったから、確認してくれというのかもしれないな」

と、五十嵐が、いう。

「どうしたらいいかしら？　面倒なのは、嫌なんだけど」

「そうかといって、警察に、非協力で、叩《たた》かれても、人気にひびくからね。とにかく、電話に出てみたらどうだ？」

と、五十嵐がいい、一緒に、受付まで行き、美矢子が、受話器を取った。

「野村美矢子ですけど」

と、か細い声で、いうと、男の声が、

「わかってるだろうが、おれのことは、忘れるんだ」

と、いった。

「何のことかしら？」

「少し痛かったろうが、それは、警告だ。おれのことで、警察に証言したりすれば、今度は、命がないからな」

男の声は、低く、落ち着いていた。

気の強い美矢子は、男の命令口調に、反発して、

「河原で、人を殺した人ね。私の頭を殴ったのは、警告ですか！」

と、思わず、声が、大きくなった。五十嵐が、驚いて、美矢子を見ている。

「警告だよ。殺そうと思えば、お前なんか、簡単に殺せたんだ。それを、怪我だけですましてやったことを、感謝するんだな。ありがたいと思ったら、今後、警察に何を訊かれても、忘れた、覚えてないというんだ」

男は、相変わらず、落ち着き払って、いった。

「私が、黙ってたって、もう一人、目撃者がいるわよ」

「そのことか」

男が、電話の向こうで、笑ったように思えた。

男は、続けて、

「今日の夕刊を見るんだな。それで、お前の気持ちも、変わるんじゃないかね。何もかも、忘れると思うがね」

と、いい、電話を切ってしまった。

美矢子は、青ざめた顔になっている。

「大丈夫かね？」

と、五十嵐が、心配して、きく。

「今、何時？」

と、美矢子が、きいた。

「二時半を少し過ぎたところだが、なぜ？」

「夕刊は、もう売ってるかしら？」

「二時を過ぎれば、売ってると、思うがね」

「すぐ、買って来て」

と、美矢子は、いった。

五十嵐が、飛んで行って、売店で、夕刊を買って来た。それを、奪い取るようにして、
美矢子は、社会面を広げてみた。

〈殺人の目撃者死ぬ。足摺《あしずり》で〉

その見出しが、いきなり、美矢子の眼に飛び込んで来た。

あの女の顔写真も、載っている。思わず、美矢子の顔から、血の気が引いていった。

黙って、記事のほうを、読んだ。

〈二十一日午前九時半頃、足摺岬近くの海面に、若い女が、浮いているのを、観光客が発見して、警察に届け出た。警察が、漁船を出して、引き揚げたところ、東京都世田谷区松《まつ》原《ばら》の久保ゆう子さん(二十歳)と、わかった。今のところ、事故死、殺人、自殺のいずれか不明だが、警察の発表によると、久保ゆう子さんは、中村近くの河原で起きた殺人事件を、丁度、通過中の列車の窓から目撃し、捜査本部の事情聴取を受けていたということである。このため、この事件の犯人に、殺された可能性もある〉

6

美矢子は、東京行の飛行機に乗ってからも、身体のふるえが、止まらない感じだった。

新聞記事を読んだ五十嵐も、すぐには、美矢子に向かって、どういっていいかわからないらしく、黙っていた。

しばらく、水平飛行が続いたあとで、

「こんな犯人は、すぐ、捕まるさ」

と、いった。

「それでも、捕まれば、確認させられるわ」

「いいじゃないか。犯人だといってやればいい。刑務所へ入ってしまえば、君には、何もできないよ」

「仲間がいたら、どうするのよ」

と、美矢子は、怒ったような声を出した。

「あまり、悪いほうへ、悪いほうへと、考えないほうがいいよ」

「でも、犯人は、空港ロビーへも、電話を掛けて来たわ。私を、監視してるんじゃないかしら。そうだとすると、いつ殺されるか、わからないわ」

「君が、警察に協力しなければ、大丈夫だよ。殴られたのだって、犯人は、警告だと、いってるんだから」

と、五十嵐が、いう。

「でも、もう一人の目撃者は、殺されたわ」

「事故死かもしれないよ」

「事故死なら、なぜ、犯人が、私に、電話して来たの？」

「それは、わからないが――」

「それによ。私が、いくら、警察に協力しなくたって、犯人が、どう思うか、わからないじゃないの。私が、友だちに、公衆電話を、掛けようとしても、犯人は、私が、警察に、何か告げようとしていると、受け取るかもしれないわ。あの殺人で、私が、何か思い出して、一一〇番していると思ったら、殺されてしまうわ」

「新しいマネージャーに、いつも、君の傍から離れるなと、いっておくよ」

五十嵐が、安心させようとして、いった。

「それだって、いつも一緒にいられるわけじゃないわ」

「少し、冷静になりなさい。君が、怖がるのは、よくわかるがね。君と、もう一人の証言で、犯人のモンタージュが、できてるんだろう？　それなら、すぐ捕まるよ」

「まだ、捕まってないわ。それに――」

「それに、何だね？」

「私たちが作った似顔絵が、果たして、犯人の顔と同じかどうかも、わからないのよ」

「それ、どういうことなの？」

「私と、もう一人の目撃者のいうことが、ずいぶん、違ってたの。ぱっと見た印象を、覚えてるんだけど、眼はどうだった、頭の恰好はと、細かいことを訊かれると、思い出せないのよ」

と、美矢子は、いった。

「それじゃあ、モンタージュから、犯人が、捕まらないことも、あり得るのかね？」

「それは、わからないわ。できあがったモンタージュは、似ているような気もするし、似ていないような気もするのよ」

「でも、また会えば、わかるんだね？」

「ええ。わかると、思ってるんだけど――」

「困ったな」

と、五十嵐は、難しいことになったと、思った。こんなことは、初めてだったからである。まさか、警備会社か何かに頼んで、美矢子を、守らせるわけにもいかない。せいぜい、新しいマネージャーに、腕力に自信のある人間を、充《あ》てるということぐらいしか、とっさには、考えられないのだ。

「空港で、犯人に脅迫されたことを、警察に知らせたものかね？」

「とんでもないわ。そんなことをしたら、よけい、犯人に、命を狙われるわ」

「しかし、あとで、警察に、文句をいわれるんじゃないかな」

「文句をいわれても、命を狙われるより、いいわ」

と、美矢子は、いった。

羽田に着き、五十嵐に送ってもらって、自宅マンションに帰った。

「いつから、復帰できるかね？　各テレビ局のお偉方から、やたらに、きかれて困ってるんだよ」

と、五十嵐が、きいた。

「私だって、すぐ、復帰したいけど、気持ちの整理がつかないし、殴られたのが、頭だし――」

と、美矢子が、ぶつぶついうと、五十嵐は、

「どう？　来週からというのは。あと三日あるから、君だって、気構えができるだろう

し、きりもいいし――」

「いいわ。その線で、復帰プランを、練っておいて」

と、美矢子は、いった。

五十嵐が、帰ったあと、一時間ほどして、男が二人、訪ねて来た。

二人は、警察手帳を見せた。十津川という警部と、亀井《かめい》という刑事だった。

美矢子が、警察は、もう、うんざりだという顔をして見せた。が、十津川と、亀井は、構わずに、

「里見さんは、あなたのマネージャーでしたね?」

と、いった。

「ええ。三年間、マネージャーをやってもらっていましたわ」

「彼が、殺されたことは、ご存じですか?」

「ええ。会社の人が、四国にいた私に、知らせてくれましたから」

「最後に、里見さんに会ったのは、いつですか?」

「私は、四月十六日に、休みをとって、四国に行ったんです。前日の十五日は、夜の十時過ぎまで、仕事をやりました。里見クンは、その時、一緒でしたわ」

「そのあとは?」

「私は、四国へ行き、向こうから、電話したんです。行先はいわなかったけど、連絡はすると、約束しておきましたからね。そしたら、電話に出ないし、会社へ電話しても、欠勤しているというでしょう。だから、どこかに、遊びに行ったものと、思ってたんですよ」

「里見さんは、十五日の午後十一時から十二時の間に、殺されています」

「じゃあ、Kテレビで、別れたあと、どこかで、飲んで、ケンカしたんじゃないかしら？　あの人、おとなしいんだけど、酔うと、気が大きくなるから」

美矢子は、面倒くさそうに、いった。そのいい方で、彼女と、死んだマネージャーの力関係が、わかる感じだった。

「それは、ありませんね」

と、十津川は、ぴしゃりと、否定して、

「彼は、パジャマ姿で、自宅マンションで、殺されていたし、飲んでいた形跡もありません。夜おそく、相手を、室内に入れたところをみれば、顔見知りとしか、考えられないのですよ」

「じゃあ、会社の人？」

「その可能性もありますね」

「そんなこと、考えられないわ。里見クンは、気が小さくて、敵もいなかったんだから」

「それ、間違いありませんか？」

「ええ、間違いないわ。それより、四国から戻って来たばかりで、疲れてるんですけど」

と、美矢子は、眉をひそめて、十津川と、亀井を、睨んだ。

「申し訳ありませんが、実は、里見さんが殺されたことと、あなたが、四国でぶつかった事件とは、関係があるのではないかと、思っているんですよ」

と、十津川が、いった。

美矢子は、「まさか――」と、眼を大きくして、

「高知の中村近くで、殺人を見たけど、殺された人も、犯人も、初めて見た人だわ。それに、会社の人には何処へ行くか、全く知らせてなかったのよ」

「マネージャーの里見さんにもですか？」

「ええ。もちろん」

美矢子は、きっぱりと、いった。十津川は、感心したように、「なるほど」と、うなずいたが、間をおいてから、

「失礼ですが、切符は、ご自分で、買われますか？　女優さんの中には、切符なんかは、絶対に、自分で買わないという方もいるそうですが」

「私だって、自分じゃ買わないわ。マネージャーに、委《まか》せてあるわ」

「じゃあ、今度の四国行の航空券も、マネージャーが、買ったんですか？」

「ええ。頼んで、買ってもらいましたけど――」

「それなら、マネージャーは、あなたの行先を、知っていたことになりますね？」

と、十津川に、いわれて、美矢子は、「ああ」と、思わず、笑った。

「そうね。里見クンは、知ってたんだ」

「里見さんが、殺されたのは、そのことと、関係があるかもしれませんよ」

「私には、わかりませんけど」

「四国に行き、高知で、襲われるまでのことを、詳しく話していただけませんか」

「今、すぐに？」

「殺人事件ですよ、これは」

と、亀井が、厳しい声で、いった。

7

二人の刑事は、きくまでは、テコでも動きそうになかった。仕方なしに、美矢子は、羽田の出発の時から、高知の桂浜で、襲われるまでを、詳しく、話した。

十津川と亀井は、呆《あき》れたように、顔を見合わせ、

「ずいぶん、いろいろなことがあったじゃありませんか」

「あなた方は、面白そうにいうけど、私は、いい迷惑だわ。列車の窓から、殺人を目撃したばかりに、犯人に、命を狙われてるのよ」

「その点ですがね、今、いろいろと、きいて、疑問を、持ちました」

と、十津川は、いった。

「疑問って、何のこと?」

と、美矢子が、二人の刑事を見た。

「あなたは、偶然、列車の窓から、殺人を目撃したようにいっているが、道後温泉で、マッサージの人に、右手の窓から外を見ていると、面白いものが見えるといわれて、その通りにしていたわけでしょう? それなら、偶然、目撃したとは、いえませんよ」

と、十津川は、いった。

美矢子は、鼻の先に、しわを寄せて、

「私だって、そのくらいのことは、考えたわよ。あのマッサージの人に、先入観を与えられたから、見たんじゃないかって。でもね、私が、見るかどうか、わからないわけじゃない? 眠ってしまうかもしれないし、マッサージの人にいわれたことなんか、忘れてしま

ったかもしれないわ。そう考えると、やはり、偶然ということになるんじゃないの？」

「いや、あなたは、見たというより、見させられたんですよ」

「何のために？」

「それは、わかりませんが、誰かが、あなたを、殺人の目撃者にしたかったんですよ。たぶん、マッサージ師も、誰かに金をもらって、あなたに、右手の窓から見ていると、面白いものが見えると、吹き込んだんですよ」

と、十津川は、いった。

「でも、今、いったみたいに、私が、見なかったらどうなるの？　私って、気まぐれだから、見てない可能性だって、あったわけよ」

「その時は、強引に、あなたに、見させることになっていたと思いますよ」

亀井が、いった。

「強引にって？」

「一緒の列車に乗っていて、大声で、殺人のことをいった女性がいたんでしょう？」

「ええ。その人、足摺で、死んでしまいましたけど」

「その女性ですよ。考えてごらんなさい。犯人は、あなたには、警告として、痛めつけたが、殺さなかった。それなのに、もう一人の目撃者は、殺した。おかしくはありませんか？」

「よくわからないけど――」

「もし、犯人が、目撃者の口を封じる気なら、あなただって、殺されていますよ。あるいは、逆に、もう一人も、警告に、止《とど》めておくんじゃありませんかね。だから、犯人の目的は、口封じではなかったんです」

と、十津川は、いう。

「じゃあ、いったい、何なの？」

「最初から、考えてみましょう」

「そろそろ、休みたいんだけど」

美矢子は、不機嫌を隠さずに、いった。十津川は、苦笑したが、亀井は、眼を光らせて、

「われわれは、あなたを心配して、こうして、話をしているんですよ。それとも、マネージャー殺しで、あなたを逮捕しますかね」

「私が、犯人？　冗談じゃないわ」

「だが、あなたは、里見マネージャーが殺された翌日、あわただしく、誰にも行先を告げずに、東京から、逃げ出している。殺して、逃げたと、思われても、仕方がない」

亀井は、脅かすように、いった。

「まさか、本気でいってるんじゃないでしょうね？」

美矢子が、青い顔になって、きく。

「われわれは、あなたを助けようと思っている。それなのに、早く帰ってくれみたいなことをいわれるのなら、あなたを、殺人容疑で、連行して、取調室で、訊くより仕方がない」

「――――」

美矢子は、黙ってしまった。十津川が、とりなすように、

「亀井刑事のいうように、われわれは、あなたを助けたいんですよ。このままだと、あなたは、殺されてしまうような気がするのです。それを、防ぎたいのです」

「それならいいけど――」

美矢子は、ぼそぼそと、いった。

「それでは、最初から、考えてみましょう」

と、十津川は、もう一度、いった。

「最初って、どこから？」

「羽田で、誰かに見られているような気がしたんですね。そして、道後温泉で、尾行して

いる男を捕まえた。その男は、中村近くで、殺された」

「ええ」

「名前は、町田公一郎。こちらで調べたところ、一匹狼の私立探偵と、わかりました」

「私立探偵？　じゃあ、誰かが、私立探偵を傭《やと》って、私を監視させてたの？」

美矢子は、眼を三角にした。

「そうなりますね」

「いったい、誰が？」

「それを、これから、考えましょう。あなたが、監視されていたとなると、道後のマッサージ師の言葉も、誰かに、頼まれて、あなたに、いったという気がしますね」

「でも、誰が、なぜ、そんなことを？」

「向こうの警察が、今、問題のマッサージ師を、当たってくれていますが、その人は、全盲でしたか？」

と、十津川が、訊いた。

「ほとんど、見えないと、いっていたけど」

「そうだとすると、頼んだ人間を特定するのは難しいかもしれませんね」

「それはいいけど、なぜ、そんな面倒くさいことをしたのかしら？」

「目的は、一つしか考えられませんよ。あなたを、殺人事件の目撃者にすることです」

と、亀井が、断定するように、いった。

「でも、なぜ、そんなことを？　普通なら、人を殺すところは、見られたくないものだわ」

美矢子は、首をかしげた。

「普通なら、そうですが、今回は、違っていました。どうしても、あなたに、殺人を、目撃させたかったのですよ」

と、十津川が、いう。美矢子は、ますます、わからなくなってしまって、

「だから、なぜなの？」

「なぜだと思います？」

「わからないから、きいてるんだわ」

「あなたの身近にいる人間が、あなたを、殺そうと考えたとします。だが、利害関係がはっきりしているので、あなたが殺されれば、当然、その人間に、疑いがかかってくる。わかるでしょう？　そこで、どうしたら、自分に疑いが、かからないかと、考えた」

「――――」

「動機を隠す。これが、先決です」

「ええ。そりゃあ、そうだけど――」

と、美矢子は、呟《つぶや》いてから、ふいに、「あッ」と、叫んで、

「だから、私を、殺人の目撃者にして――」

「そうですよ。殺人を目撃したから、犯人に狙われたことにする。それなら、動機を、隠すことができます」

「ホテルの私の部屋に、泥棒が入ったのは、どう説明できるの？」

「何か、盗られましたか？」

「いいえ。でも、犯人は、私の運転免許証に興味があるみたいだったわ。ハンドバッグの中身が、ぶちまけてあったけど、免許証だけ、別のところにあったから」

「芝居ですよ」

「芝居って？」

「新聞には、目撃者として、あなたの名前は、出なかったんでしょう？」

「ええ、出されたら困るといっておいたわ」

「だから、犯人は、あなたが、何者なのか、わからないわけですよ。犯人は、当然、目撃者が何者なのか、調べます。殺すにしても、口をふさぐにしてもね。だから、ホテルのあなたの部屋に忍び込み、運転免許証を、見たわけです」

「でも、それは、芝居だって」

「そうです。全てが、あなたを殺すための計画なら、犯人は、当然、最初から、あなたのことを、よく知っているわけです。しかし、あなたについて調べることをしなければ、目撃された殺人犯として、行動に、不審の眼を向けられてしまう。だから、たまたま、殺人を目撃された犯人としての行動を、無理に、とったわけですよ」

と、亀井が、説明した。

「ちょっと、待ってよ」

と、美矢子が、口を挟んだ。

二人の刑事が、眼を向けると、彼女は、眼を光らせて、

「私の知ってる人が、いろいろとやったとしてよ。町田という私立探偵を殺した男は、初めて見る顔だったわよ。私の知ってる男じゃなかったわ」

「なるほど」

「なるほどじゃないわ。これは、どう説明するの？」

「一つ説明がありますよ。あなたが見た時、二人の男が、頼まれて、一芝居打ったということです」

「また芝居？」

「本当の犯人が、あなたの身近にいるとすれば、中村近くの河原の事件は、その人間が、金を渡して、頼んだことだと思う」

「人殺しを？」

「いや、人殺しの芝居をです。いくら、金が物をいう時代でも、殺人を引き受ける人間は、なかなかいないでしょう。芝居なら、簡単に引き受けるだろうし、町田公一郎も、芝居だとわかっていたので、平気で、犯人に背中を向けて、列車のほうを見ていたんだと思いますね」

と、十津川は、いう。

「でも、本当に、背中を刺されて、殺されていたのよ」

「わかっています。河原で、殺しの芝居を、見せたあと、真犯人が、背中を刺して、殺したんですよ。目撃者が二人もいて、実際に、刺されて死んでいれば、列車が通過中に、刺されたと思うし、その時、見た男が犯人と、誰もが、考えますからね」

「そんなことまでして、誰かが、私を、殺そうとしているの？」

「われわれは、そう見ています」

「でも、私は、桂浜で、殺されかかったわ」

と、美矢子は、いった。

「それも、犯人の芸の細かいところかもしれませんよ」

と、亀井が、いった。

「芸が細かいって？」

「簡単に、あなたを殺してしまうと、果たして、犯人を目撃したために、殺されたのか、それとも、別の理由で殺されたのか、わからない。もちろん、目撃の線も洗うでしょうが、同時に、あなたの交友関係も、調べるはずですよ。そうなったら、折角の計画が、台無しになってしまいます。そこで、まず、あなたに、重傷を負わせ、これは、警告だ、目撃したことは、黙っていろと、脅す。そのあと、あなたが殺されれば、誰もが、これは、殺人を目撃したためと思い、警察も、犯人は、町田公一郎を刺殺した男と、断定する。それが、狙いですよ」

と、亀井が、説明した。

「じゃあ、もう一人の目撃者が、足摺で、殺されてしまったのは、どうしてなの？」

と、美矢子は、きいた。その質問に対しては、十津川が、

「われわれは、彼女も、真犯人に傭われた人間と、思っているんです。今もいいましたが、あなたが、マッサージ師の言葉に従わず、肝心《かんじん》の時、窓の外を見ていない時のためにです。あなたの傍の席にいて、強引に、殺人の芝居を見せてしまう。その役目だったと思

いますね。そう考えると、彼女が、足摺で、突き落とされたのは、殺人を目撃したからじゃない。彼女が、自分の役目に、疑いを持ち始めたからです」

「疑いを?」

「そうです。彼女に対しても、真犯人は、そんな風に、いってたんじゃないかと思うので す。中村近くの河原で、殺人の芝居を見せ、女優の野村美矢子を、驚かせてやりたいので、協力してくれとね。だが、河原で、本当に、人間が殺されたと、マスコミが、報道した。彼女は、話が違うと考え、真犯人に、詰め寄ったんじゃないんですかね。それで、真犯人は、彼女を、足摺で殺したんじゃないか。われわれは、そう考えているんですよ」

「じゃあ、また、私は、狙われるの?」

と、青い顔で、美矢子が、きいた。

8

「われわれの推理が正しければ、間違いなく、あなたは、狙われます」

十津川は、恐ろしいことを、あっさりと、いった。

「その犯人は、私の身近にいる人なのね?」

「そうです。マネージャーの里見さんが、殺されたのも、そのためでしょう」

と、十津川は、いった。

「里見クンを殺すことも、犯人の予定の中に入っていたのかしら？」

美矢子が、きいた。

「いや、それは、なかったと思いますよ。犯人は、あなたが、今度、四国旅行へ行くのを、チャンスと思ったに違いありません。東京を離れた場所で殺されれば、犯人は、身近な人間よりも、旅先で出会った人間ではないかと、考えさせることができますからね。ただ、詳しい日程を、知らなければ、計画は、立てられない。あなたは、旅行計画を、誰にも、話さなかったわけでしょう？」

「ええ。折角の休みに、誰にも、邪魔されたくなかったのよ」

「それで、犯人は、マネージャーの里見さんに、それとなく、きいた。あなたは、里見さんにも、内緒だといっているが、切符を買ってもらっているんだから、喋っているのと、同じことです。里見さんは、相手が、あなたと親しい人間なので、安心して、喋った。が、あとになって、何だか、おかしいと、感じたんじゃないですかね。それで、十五日の夜になって、相手にきいたんだと思うのですよ。相手は、まずいなと思って、あわてて、彼のマンションにやって来て、口封じに、彼を、殺してしまった。そういうことだと、われわれは、思いますがね」

と、十津川は、いった。

「じゃあ、里見クンは、私のために、殺されたの？」

「そうなるんじゃないかな」

と、亀井が、いった。

美矢子の頭の中で、里見の印象が、少し違ってきた。仕事熱心だが、小うるさい男というイメージだったのだ。それが、ちょっとした騎士《ナイト》のイメージに変わった。

十津川が、亀井の言葉に、続けて、

「里見さんのためにも、犯人を見つけ出して、一刻も早く、逮捕しようじゃありませんか。あなたの安全のためにもです」

「本当に、私は、殺されるの？」

まだ、半信半疑で、美矢子は、十津川に、きいた。いろいろと、十津川たちからいわれたのだが、いぜんとして、殺人の目撃者なので、狙われているのだという考えから、完全に、脱《ぬ》け切れないのだ。警察に、黙っていれば、殺されはしないという思いが、残ってしまっている。

「犯人の目的は、あなたを殺すことだから、絶対に狙われますね」

と、亀井が、断言した。

「じゃあ、私は、どうすればいいの？」

と、美矢子は、きいた。

「犯人は、あなたの身近にいる。これは、間違いありません。あなたが、殺されれば、必ず、疑われる人です。心当たりは、ありませんか？」

「私は、わがままだから、いろいろと、憎まれてるわ。うちの会社にだって、怒ってる人がいるだろうし、同じ女優仲間にだっているはずだし――」

「犯人は、あなたが、四国に行っている間、同じく、四国へ行っていた。会社の人間なら、その間、休んでいたはずだから、わかるんじゃないかな」

「きいてみるわ」

と、美矢子は、いった。

彼女は、すぐ、五十嵐に、電話を掛け、十六日から、会社を休んでいる者がいないかどうか、きいてみた。

「今、調べてみる。ちょっと待ってくれ」

と、五十嵐は、いった。
五、六分、待たされてから、五十嵐が、

「社長は、十七日から、ニューヨークに行ってる。帰って来るのは、明日だ。それから、後藤弘《ごとうひろし》と、林《はやし》ひろみが、十七日から、マネージャーの三浦《みうら》君と一緒に、中国へ行ってるが、これは、仕事だ。他には、いないね」

と、いった。

「本当に、十六日から休んでいる人、いません？」

「いないね。誰も」

「ありがとう」

と、美矢子は、いって、電話を切った。

十津川が、訊く。

「会社には、いませんか？」

「ええ。五十嵐課長が、いないっていってたわ。だから、うちの会社以外の人間だわ」

「それでは、特に、あなたのことを恨んでるタレントとか、テレビ局の人間とか、心当たりのある人間を、残らず、書き出してくれませんか」

と、十津川は、いった。

「残らず？」

「そうです。犯人は、何処にいるか知れませんからね」

「でも、基準が、わからないわ。小さないさかいをした人間もいれば、大ゲンカしたタレントもいるから」

「じゃあ、あなたが嫌いな人間を、書き出してください。そういう場合は、相手も、あなたのことを、嫌っているものです」

と、十津川は、いった。

美矢子が、すぐには、書き出せないというので、十津川と、亀井は、いったん、引き揚げることにして、彼女の護衛のために、若い刑事二人を呼んだ。

西本と、日下《くさか》の二人が、パトカーの中から、彼女のマンションを、見守ることになった。

翌日、約束通り、美矢子は、心当たりのある人間の名前を、書き出して、十津川に、渡した。

それには、七人の男女の名前が、書かれてあった。有名な女優の名前もあれば、美矢子に、金を出させて、返そうとしない親戚《しんせき》の名前もある。

「とにかく、この七人のアリバイを、調べてみよう」

と、十津川は、いった。

亀井たちが、その調査に、当たった。

一人ずつ、四月十六日から、三日間のアリバイを、確認していく。

二日間かかって、七人全てのアリバイが、確認された。美矢子が、リストアップした人間は、犯人ではなかったのだ。

十津川たちは、もう一度、美矢子のマンションを訪ね、

「他にいませんか？」

と、亀井が、訊くと、美矢子は、うんざりした顔で、

「どこまで、枠を広げたらいいの？　際限《きり》がなくなってしまうわよ。第一、ファンレターを、私に出して、私が、返事を出さなかったんで、殺してやりたいと思っている人間だっているかもしれないじゃないの。そんな人の名前は、わからないわよ」

と、いう。亀井は、苦笑して、

「犯人は、あなたが殺されたら、必ず、名前が出て来るはずの人間なんですよ。名前のわからないファンなんかじゃありません」

「明日から、私は、仕事に復帰するの」

「おめでとうございます」

「わかってないのね、刑事さんは。その準備に、今、めちゃくちゃに忙しいの。明日は、私のプロダクションが主催してくれて、復帰記念パーティも、あるのよ。そんな時に、怪

しいのは、誰かなんて、考えていられないわ」

「そんなパーティも、殺されてしまったら、何の役にも、立ちませんよ」

と、十津川は、いった。

美矢子は、口をとがらせて、

「刑事さん。やたらに、私が、殺されるっていってるけど、四国から帰って、まだ、何も起きてないじゃないの。脅迫電話だって、掛かって来ないわよ。その事件の犯人は、警察に追われて逃げまわるのに必死で、私を、殺すどころじゃないんじゃないの」

「何度もいいますがね、あなたが目撃した殺人事件は、芝居なんですよ。犯人と見えた人間は、本当の犯人じゃないんです。だから、あなたと、もう一人の目撃者が作ったモンタージュは、真犯人じゃない男の顔になってるんです」

「でも、今まで調べたところでは、私の周囲《まわり》には、刑事さんたちのいう犯人は、見つからないんでしょう？」

「今までのところはね」

と、十津川は、苦い表情で、いった。

その時、電話が鳴って、美矢子は、受話器を取り、小声で、五、六分話していたが、すませて、十津川たちのところに戻って来ると、

「もう安心だわ」

と、ニッコリした。

「どうしたんですか？」

「会社の五十嵐さんからなんだけど、四国で、犯人が自殺したんですって」

「自殺した？」

「ええ、四万十川で、水死体で浮かんでいたそうよ。覚悟の自殺と、向こうの警察は、見ているということだわ。私の泊まったホテルの名前と、高知空港の電話番号を書いたメモを、持っていたそうだわ。それに、私たちの作ったモンタージュに似ている男だといってるわ。犯人が、自殺しちゃったんだから、もう、心配することはないって」

「その話は、本当ですか？」

「ええ、本当よ。そいつが、私のホテルの部屋を荒らしたり、高知空港に電話して、私を脅したに違いないわ」

と、美矢子は、いう。

十津川と、亀井は、すぐ、捜査本部に引き返し、高知県警に、電話を掛けた。

西口《にしぐち》という警部が、出た。

「今朝早く、四万十川の河口近くで、発見されました。町田公一郎殺しの容疑者と思われます。彼の名刺を持っていましたし、モンタージュによく似ています」

と、西口は、いった。

「自殺ですか？」

「断定はできませんが、この男が、昨日まで泊まっていた旅館の従業員の話では、青い顔で、困った、困ったと呟いていたそうです。それから、警察署の場所を、きいていたそうですから、自首する気だったんじゃないかと、思っています」

「昨日までというと、死んだのは、昨日から、今朝にかけてですか？」

「昨夜の午後十時から十一時とみています」

「高知市内のホテルの名前と、高知空港の電話番号を書いたメモを持っていたそうですね？」

「ええ。なぜかわからなかったんですが、野村美矢子さんに、今、電話して、了解しました」

「それで、その男の身元は、わかったんですか？」

と、十津川は、訊いた。

「まだです。免許証は、持ってませんし、旅館の宿帳には、東京の住所と、白貝弘《しらがいひろし》という名前が書いてありましたが、調べたところ、その住所に、白貝という男は、いないことが、わかりました。白という字に、貝という字です」

「面白い名前ですね？」

「偽名にしては、凝りすぎという感じですが、とにかく、この男が、殺人事件の犯人であることは、間違いないと、確信しています」

と、西口警部は、嬉《うれ》しそうに、いった。

9

「妙な具合になってきましたね」

亀井が、難しい表情になって、十津川を、見た。

「われわれの推理が、間違っていたのかねえ」

十津川も、苦しそうな顔になった。

全て、自分に疑いがかからずに、野村美矢子を殺すための犯人の計画だと考えていたのだが、作りあげた犯人を死なせてしまっては、全てが、水の泡ではないのか？

もし、真犯人が、四万十川で、犯人に仕立てあげた男を、自殺に見せかけて殺したのだとすると、なぜ、そんな馬鹿なことを、したのだろうか？

「そいつが、警察に行って、全てを話すと、真犯人を、脅迫したんじゃありませんか？」

　と、亀井が、いう。

「その可能性もあるが、それでも、まず、野村美矢子を殺してから、男を、自殺に見せかけて、殺すんじゃないかね。それで、真犯人の計画は、完成するんだからね。そのくらいのことがわからないはずがない」

　と、十津川は、いった。

「そういえば、そうですが――」

「真犯人の身に、何かが、起きたんじゃないのかな？」

　と、十津川は、いった。だから、急遽《きゅうきょ》、予定を、変えたのでは、ないのか。それは、いったい、どんなことだったのだろうか？

「二つ考えられるね」

　と、十津川は、しばらく考えてから、亀井に、いった。

「どんな理由ですか？」

　亀井が、真剣な眼つきで、十津川を見た。

「一つは、真犯人が、仕事で、高知へ行くことになり、そこで、四万十川で死んだ男に会ってしまい、カメさんのいうように、脅迫された場合だよ。すぐ、警察へ行って、真相を話すといわれると、東京に戻って、野村美矢子を、先に殺してからという余裕はなくなってしまう」

と、十津川は、いった。

「もう一つは、何ですか？」

「こちらのほうが、可能性があると思うんだが、真犯人の計画が、バレてしまったケースだ。真犯人が、そう思ったとすれば、もう、殺す順番は、どうでも、よくなるんじゃないかね」

「しかし、われわれの考えは、野村美矢子にしか、話していませんよ」

と、亀井は、いった。それなら、真犯人は、計画がバレたとは、気づいていないんじゃないかと、亀井は、いうのである。

「確かに、そうだが――」

と、十津川は、また、考え込んでいたが、

「二人で、四国から帰ったばかりの彼女に、会いに行った時、われわれの考えを、話したんだったねえ」

「そうです」

「その時、彼女の近いところに真犯人はいるはずだといって、彼女のプロダクションに、電話してもらったね」

「ええ」

「その時、電話口に出たのが、真犯人だとしたら、敏感に、自分の計画が、バレたと、わかったんじゃないかな」

「それも、考えられますね」

亀井が、眼を光らせた。

十津川は、美矢子に、電話を掛けた。

「先日、あなたに、プロダクションに、電話を掛けてもらいましたが、その時、電話口に出たのは、どなたですか？」

と、訊くと、美矢子は、相変わらず、面倒くさそうに、

「営業課長の五十嵐さんだけど」

「あの人が、会社には、該当者が、いないと、いったんですね？」

「ええ。四月十六日から、休みをとってる人はいないと教えてくれたわ」

「その時、五十嵐さんは、あなたに、なぜ、そんなことをきくのかと、きき返しましたか？」

「いいえ。なぜ？」

「いや、なぜ、きき返さなかったのかと、不思議な気がしたんですよ」

「馬鹿なことをきかないで。私は、これから、Nホテルに行くんです。明日、そこで、私の復帰パーティがあるから」

と、美矢子は、さっさと、電話を切ってしまった。

「彼女の所属するプロダクションに、行ってみよう」

十津川は、亀井を促《うなが》して、立ち上がった。

二人は、パトカーを飛ばして、四谷《よつや》にあるプロダクションに向かった。

七階建のビルの中に、そのプロダクションは、あった。日本の芸能プロの中では、大手に、属するだろう。

五十嵐課長は、外出していた。

「明日の野村クンのパーティの準備で、飛びまわっています」

と、上司で、部長の広沢が、十津川に、答えてくれた。

「五十嵐さんは、四月十六日には出勤していましたか？」

と、十津川は、訊いた。広沢は、すぐ、人事課長を呼んだ。

「十六日と、十七日は、カゼで、休んでいますね」

と、人事課長が、いった。

「そのあとは、どうです？」

と、訊くと、広沢が、代わって、

「野村クンが、高知で、襲われたのが、十八日で、この日、私は、五十嵐君と一緒に、高知に飛んで、警察の人たちに、会って来ましたよ。そのあとも、五十嵐君には、時々、高知へ、行ってもらっていますが」

と、いった。

十津川は、亀井と、顔を見合わせてから、

「五十嵐さんが、野村美矢子さんを、恨んでいるということは、ありませんか？」

と、広沢に、訊いた。

「恨む？　そんなことは、ないと、思いますよ。五十嵐君は、おとなしい、仕事熱心な男だから」

と、広沢は、いった。

「間違いありませんか？」

十津川が、重ねて、訊くと、人事課長が、

「ひょっとすると――」

と、小さな声で、遠慮勝ちに、呟いた。

「話してください」

と、十津川は、彼の顔を見た。

「五十嵐さんは、この会社へ入って、もう、二十年以上です。普通なら、部長になっていなければ、おかしいんですが」

「そういえば、出世が遅いかな」

と、広沢も、いった。

「その理由なんですが、野村クンは、うちの社長に、可愛《かわい》がられていまして、いつだったか、五十嵐さんのことで、あんな、シンキ臭い人は、大嫌いだから、会社の幹部にしないでと、社長に、いったことがあるそうです」

「そんなことを、野村クンは、社長に、いったのか？」

広沢が、驚いた顔で、きく。

「社長秘書の柳原《やなぎはら》君が、そういっていました」

「それで、五十嵐君の出世が、おくれたというのかね？」

「本人は、そう思っているんじゃありませんか？　野村クンのほうは、忘れてしまっているんでしょうが」

と、人事課長は、いった。

（それが、動機なのか）
と、十津川は、思った。

10

翌日の午後一時から、Nホテルの広間で、野村美矢子の復帰パーティが、開かれた。
五百人近い人たちが、集まっていたが、まだ、主賓の野村美矢子は、現われていない。
司会役のタレントが、マイクのテストをしていた。
十津川は、そのタレントに、
「五十嵐課長は？」
と、きいた。
「今、控え室に、彼女を迎えに行ってますよ」
と、面倒くさそうに、いった。
十津川は、亀井と、控え室に向かって、駈け出した。
控え室のドアは、閉まっていて、内から、カギが、かかっている。
二人は、一斉に、ドアに、体当たりした。カギが毀れ、二人は、室内に、なだれ込んだ。

五十嵐が、ぐったりした美矢子の身体を、五階の窓から、外へ、投げ出そうとしていた。

二人は、五十嵐の身体に、タックルしていった。

＊

その日の夜、十津川が、亀井に、

「四万十川で、死んだ男の名前が、わかったそうだ。東京都練馬《ねりま》区の立木功《たちきいさお》。二十七歳。タレント志望の青年らしいよ」

と、いった。

「それで、五十嵐が、見知っていて、タレントにしてやるとでもいって、芝居をさせたんですね」

「そうらしい。旅館で、青い顔をして、困ったといっていたのは、芝居とはいえ、殺人犯になってしまったからだろうね」

「立木功ですか。いい名前があるのに、白貝なんて妙な偽名を使っていたもんですね」

と、亀井がいうと、十津川は、笑って、

「彼が、なぜ、白貝と名乗っていたか、わかるかい？」

「友人の名前ですか？」

「五十嵐の姓だよ」

「え？」

「イガラシを、逆にすればシラガイになるじゃないか。きっと、危険を感じて、わざと、そんな名前にしておいたんじゃないかね」

と、十津川は、いった。

•

予告されていた殺人

1

死体を見るのは、いつだって、嫌なものだ。特に、今度のような、手ひどく扱われた女の死体を見るのは。

バスルームの中で、胸や腹など、五ヵ所も刺されていた。死因は、解剖の結果を待たなくても、たぶん、出血死だろう。

名前は、わかっている。この豪華マンションの主の原口《はらぐち》かおり。年齢は、三十歳前後といったところか。

浴槽の湯は、あふれ続けていたということで、血を流してしまったのだろう。大理石を貼《は》りつめたバスルームは、凄惨《せいさん》な死体が横たわっているのに、きれいだった。

死体の発見者は、マンションの管理人。天井から水洩《みずも》れするという住人の苦情を受けて、七階の原口かおりの部屋を開け、バスルームで殺されている彼女を、発見したという。

マスター・キーがないので、近くのキー・ショップに頼んで、ドアの錠を毀《こわ》してもらったとも、いった。

「すると、ドアのカギは、かかっていたんですね？」

と、十津川は、くどいと思ったが、念を押した。管理人は、肩をすくめて、

「もちろんですよ。だから、錠を毀したんじゃありませんか」

と、いった。

「このマンションの住人は、何本のキーを持っているんですか？」

「部屋を借りる時点で、三本のキーをお渡しすることになっていますが、そのあと、失《な》くす方もいるでしょうし、スペア・キーを作る方もいると思いますよ」

管理人は、当たり障《さわ》りのないいい方をした。

部屋の中からは、二本の部屋のキーが見つかった。一本は、三面鏡の引出しに入っていたし、もう一本は、車のキーなどと一緒に、キーホルダーにつけて、シャネルのバッグに入っていた。

犯人は、とにかく、三本目のキーを使って、ドアに錠をかけ、逃走したに違いない。そのキーが、本来あった三本目のキーなのか、何本か作られたスペア・キーの一本なのかは、わからないが。

「犯人は、簡単に見つけられると思いますね。被害者の身近な人間ですよ。バスルームで、裸になっている被害者に近づけた人間だし、入るのに、堂々と、玄関から入っている

と思われますからね」

と、亀井が、いった。

「そうだと、助かるがね」

と、十津川は、慎重に、いった。

死体が運び出されたあと、十津川たちは、2LDKの部屋を、調べてまわった。この新宿西口あたりで、この広さの部屋を借りるとすれば、月七、八十万はかかるだろう。それに、保証金など五ヵ月分、四百万前後の金は、借りる時に、必要となる。

被害者が、OLなら、よほどの資産家の娘だろうし、水商売なら、自分の店を持っているか、スポンサーが一人か二人いるホステスだろう。

それに、今は、得体の知れない人間が、大金を持っていたりするのだ。才能さえあれば、いくらでも儲《もう》かる仕事がある世の中でもある。

居間は、白で統一されていた。白いカーテン、白いソファ、そして、真っ赤なじゅうたん。

居間に続く八畳ほどの洋間には、本が一杯だった。大きな机の上には、原稿用紙が置かれ、題名だけが、書かれていた。

「作家だったんですかね?」

亀井が、本棚に眼をやって、いった。

「いや、作詞家だよ。これを見たまえ」

十津川は、棚に置かれていた大理石のペンギンを取って、亀井に、見せた。

ペンギンの足元に、プレートが取りつけてあって、それに、こう彫《ほ》られていた。

〈ペンギンレコード「トワイライト・ラブ」

百万枚突破記念　作詞　原口かおり〉

「有名な作詞家なんでしょうか？」

と、亀井が、いった。

「百万枚なんて、めったにないと思うがね。ただ、この記念像には、二年前の日付が、刻まれていて、他に、ペンギン像はない。当たったのは、このトワイライト・ラブだけかもしれないね」

と、十津川は、いった。

「それでも、百万枚といえば、大変なベストセラーじゃありませんか。ＣＤの時代になって、なおさら売れ行きが悪くなったと、きいたことがあります」

「とにかく、ペンギンレコードへ行ってみよう」

と、十津川は、いった。

ペンギンレコードは、池袋《いけぶくろ》にあった。雑居ビルの三階から五階まで占拠していて、ビルの壁には、今度出る演歌の広告が、長いタレ幕で出ていた。

十津川と、亀井は、五階で、高見《たかみ》という営業部長に会った。大きな男だが、顔色は、あまりよくなかった。胃でも悪いのか、机の上に、錠剤入りのびんが、置いてあった。

「原口かおりクンのことは、もちろん、知っていますよ」

と、高見は、いってから、十津川が、殺されたことを告げると、

「まさか――」

と、絶句した。

「彼女は、ペンギンレコードの専属だったんですか？」

「専属だったこともありますが、現在は、フリーになっています」

「彼女の経歴を教えてくれませんか」

「十八歳で、歌手として、デビューしています。Kプロダクション所属でした。美人だし、声もよかったんで、期待していましたよ。うちで、何枚かレコードを出したんですが、なぜか、売れませんでしたね。その頃から、気が強くて、売れないのは、プロダクシ

ョンが悪いんだといって、そのあと、いくつか、プロダクションを替えましたよ。確か、二十七、八まで、唄《うた》っていたんじゃないかな。最初は、フォークソングで出て、そのあと、演歌も唄っていましたよ。小さなヒットは出たが、全体としては、売れない歌手でした」

「売れないのに、なぜ、十年間も、唄っていたんですか？　いや、唄っていられたのですか？」

「本業のほうは駄目でも、彼女は、最初から、男にもてましてね。彼女に惚《ほ》れたテレビ局のプロデューサーが、ドラマの端役《はやく》で使ったり、中小企業の社長が、彼女に肩入れして、レコードを、まとめて買ってくれたりしたからですよ」

と、高見は、笑った。

「いつ、作詞家になったんですか？」

と、十津川は、訊《き》いた。

「今も申しあげたように、二十七、八の頃には、彼女も、歌手としては、大成しないと、わかってきたんでしょうね。ノートに、作詞をして、書きつけていたらしいんです。ですから、じつは、正確な年月日はわかりません。その頃は、新しい歌も出ていませんでした。二年前に、彼女の作詞したトワイライト・ラブが、突然、ベストセラーになりましてね。あれには、私も、びっくりしましたよ」

「百万枚？」

「実際は、八十万枚ですが、それでも、大変なヒットでしたよ」

「そのあとの彼女は、どうだったんですか？」

「次の曲も、五万近く売れましたね。しかし、次第に、売れなくなりました。今は、全体としても、売れない時代ですが」

「では、作詞家としては、一発屋みたいなものですか？」

「そういわれても、仕方がありませんね」

「彼女は、かなりぜいたくな生活をしていたと思われるんですが、家が、資産家なんですか？」

「いや、そんなことはありません。私の知る限り、父親は、普通のサラリーマンです」

「と、すると、二年前の印税ですか？」

「いや、それは、あの頃、高級マンションを借りたり、車を買ったりして、もう、残っていないと、思いますよ」

「すると、誰か、パトロンでもいたんですかね？」

「今もいった通り、昔から、男にもてましたからね。最近も、異性関係は、派手でしたよ。そのことで、週刊誌ネタになったこともあります」

「彼女と、特に親しかった男の名前を知っていたら、教えてもらえませんか」

と、十津川は、いった。

「そうですねえ。噂《うわさ》になった男性の名前なら、知っていますよ。ただし、私がいったことは、内緒にしてください。恨《うら》まれるのは、かないませんから」

と、いって、高見が、教えてくれたのは、次の二人の名前だった。

一人は、作曲家の神野幸太郎《じんのこうたろう》。ヒットしたトワイライト・ラブの作曲をしている。当時、原口かおりは、二十八歳。神野は、九歳年上の三十七歳だった。二人の仲は、噂になり、その頃、前の奥さんと離婚話が持ちあがっていた神野と、かおりは、一緒になるのではないかと、いわれていた。だが、離婚が成立したあと、神野が選んだのは、二十一歳の森田《もりた》まきという演歌歌手だった。

「驚いたことに、その後も、神野と、原口かおりは、つき合っていると、ききましたよ」

と、高見は、いった。

もう一人は、不動産会社の社長、和田秀人《わだひでと》、四十歳。バブルで儲けた頃、自社のコマーシャルに、原口かおりを使ったり、一千万以上するスポーツ・カーを贈ったりしたという。

「バブルがはじけて、今は、厖大《ぼうだい》な借金を抱えているという噂ですが、それでも、高級車を乗りまわして、銀座で、飲んでいるようです」

と、高見は、いった。

2

解剖の結果、死亡推定時刻は、六月七日の午後十一時から十二時と、わかった。

凶器のナイフは、見つからないが、彼女の部屋の入口付近、特に、ドアのノブなどと、バスルームから、指紋を拭《ふ》き消したあとが、見つかった。

そのことからも、顔見知りの犯行だということができると、十津川は、考えた。問題の二人のアリバイを調べれば、意外に、簡単に解決するのではないのか。死体を見た時は、派手な事件と思えたのだが、事件としては、底の浅いものなのかもしれない。

十津川は、西本と日下の二人の刑事に、不動産会社社長の和田秀人に、会いに行くように、電話で指示しておいて、自分は、亀井と、作曲家の神野幸太郎を、訪ねることにした。

神野は、仕事場にしている原宿《はらじゆく》のマンションにいた。１ＬＤＫの部屋を改造して、防音にし、グランドピアノを置いて、作曲をするのだということだった。

細面《ほそおもて》の、神経質そうな感じの男である。

「原口かおりさんを、ご存じですね」

と、十津川は、訊き、

「今朝、自宅マンションで、死体で発見されました。バスルームで、殺されていたんです」

と、告げると、神野の表情が変わった。

普通は、なぜ、そんなことにとか、犯人は、見つかったんですかとか、きくところだろう。質問はしなくても、愛していたのなら、すぐ、遺体を見に行きたいというのが、普通ではないか。

それなのに、神野は、青い顔で、黙ってしまった。

「原口かおりさんに、最後に会われたのは、いつですか?」

と、十津川が、訊くと、神野は、

「え?」

と、きき返した。十津川が、重ねて、同じことを、訊くと、狼狽《ろうばい》した様子で、

「ああ、それなら、先週の土曜日じゃなかったかな」

と、いった。頼りないいい方だった。

「では、昨日は、会っていないんですね？」

「ええ。会っていませんよ。会うはずがないじゃありませんか」

「昨夜の午後十一時から十二時まで、何処《どこ》におられましたか？」

と、亀井が、訊いた時も、神野は、

「それ、何のことです？」

と、きき返してから、

「ああ、アリバイのことですね。それなら、この仕事場にいましたよ」

「自宅には、帰られなかったんですか？」

「ええ。今、映画の音楽を頼まれてましてね。映画音楽は、初めての仕事なので、なかなか、上手《うま》くいかず、この仕事場に、泊まり込みなんですよ」

「昨日の午後十一時から、十二時までの間も、ここに、おられたということですか？」

と、十津川は、念を押した。

「ええ。もちろん」

「ひとりで？」

「他に人間がいたら、気が散って、作曲は、できませんよ」

「失礼ですが、何という映画の音楽を、頼まれているんですか？」

「そんなことまで、いわなければ、いかんのですか？」

神野の態度は、少しずつ、強気になってくる感じだった。

「教えていただきたいですね」

と、十津川も、押した。

神野は、眉《まゆ》を寄せながら、

「SAプロの映画です。監督は、吉沢英介《よしざわえいすけ》で、今年の八月の封切予定なので、一刻も早く、曲を作らなければならないんですよ」

「元へ戻りますが、昨夜の午後十一時から十二時までですが、あなたが、ここで仕事をしていたことを、証明する人が、いますか？」

と、亀井が、訊いた。神野は、小さく舌打ちした。

「そんな者がいるはずがないでしょう」

「家族の方とか、お友だちから、その時間に、電話が入ったということは、ありませんか？　特に、問題の映画の関係者から、電話があったとか、神野さんのほうから、電話したということは、なかったんですか？」

「ありませんよ。僕はね、家内にも、友人にも、今が、大事なところだから、電話で、仕事の邪魔はしないでくれと、いっておいたんですよ。だから、誰も、電話して来ないし、訪ねても、来ませんでしたね」

神野は、怒ったような声で、いった。

「その時間に、テレビを見るとか、ラジオをきくとかしていたことは、ないんですか？

少しは、アリバイの証明に、役立つかもしれませんよ」

と、十津川は、助け舟を出した。が、神野は、一層、不機嫌な顔つきになって、

「そんなことをしていたら、曲なんか、浮かんで来ませんよ」

「しかし、映画音楽でしょう？　それなら、撮影したフィルムを見て、作曲するんじゃありませんか？」

「ラッシュは、もう、何回、何十回も見て、覚えてしまっているんです。今は、もう、ラッシュを見る段階じゃないんです」

と、神野は、いった。

3

新宿署に、捜査本部が置かれた。

西本と、日下の二人は、和田に会って、戻って来た。

「和田は、中野《なかの》の自分の会社にいました。社長室で、話をきいて来ました」

と、西本が、十津川に、報告した。

「原口かおりが、殺されたことを知らせた時の反応は、どうだったね？」

「それなんですが――」

と、西本は、日下と、顔を見合わせてから、

「それが、妙な具合でしてね。彼が犯人なら、派手に驚いてみせるだろうし、犯人でなければ、こちらに、質問を浴びせかけてくるだろうと思ったんですが、彼の反応は、そのどちらでもありませんでした」

「怯《おび》え切っているように見えたんじゃないかね？」

「そうなんです。それが、不思議でした。殺人をした自責の念で、怯えている感じでもないんです。彼女が、死んだこと自体に、怯えている感じでした」

と、西本は、いう。

「面白いね。神野も、同じ反応を示したよ」

と、十津川は、いった。

「どういうことなんでしょうか？　この三人の関係というのは、ただ単に、男と女の関係ではないということなんでしょうか？」

日下が、十津川を見、亀井を見た。

「今のところ、それ以上の関係は、出て来ていないんだがね。もちろん、神野は、作曲家であり、殺された原口かおりの作詞したものに、曲をつけたという関係があり、和田は、スポンサーという関係はあるんだが——」

と、亀井は、眉を寄せた。

男と女の関係、それに、利害関係、それ以上に、どんなことが考えられるだろうか。

「和田は、どんなことを、いっていたんだ?」

と、十津川は、西本と日下に、きいた。

「今、報告しましたように、最初、ひどく怯えた様子だったんですが、そのあと、今度は、急に、強気になりまして、彼女とは仕事上のつき合いだけで、パトロンなんて、とんでもないし、男と女の関係もないと、いい張りましてね。アリバイについては、その時間には、自宅で、ひとりで、酒を飲んでいたと、いっています」

「奥さんは、いるはずだね?」

「それなんですが、現在、別居中です。その原因は、どうやら、原口かおりにあるらしいんですが、これも、和田は、頑として否定して、性格の不一致と、いっています」

「自宅で、ひとりで、酒を飲んでいたか」

「そうです。自宅には、豪華なホームバーがあって、そこで、飲んでいたそうです」

「お手伝いはいないのかね？」

「運転手と、お手伝いが、一人ずついるそうですが、どちらも、通いなので、その時刻には、帰ってしまっていたと、いっています」

「すると、アリバイは、あいまいということか？」

「そうなります」

「それも、神野と同じだねえ。まあ、夜おそい時間だから、あいまいなアリバイしかなくても仕方がないんだが」

十津川は、難しい顔になった。容疑者の二人が、全く同じであることが、気に入らないのだ。神野か、和田のどちらかが犯人とすれば、もっともらしいアリバイを作っておくのではないか？

「もう一度、この二人と、原口かおりの関係を調べ直してみよう。最近、彼女との仲が冷たくなっていたとか、あるいは、弱みを握られて、彼女に、ゆすられていたりしていれば、その男が、犯人ということになる」

と、十津川は、いった。

刑事たちは、聞き込みに走りまわり、十津川と亀井は、もう一度、原口かおりの部屋を、調べ直した。

その報告を持ち寄って、捜査会議が、開かれた。

まず、西本たちが、神野と、和田の二人と、被害者原口かおりの関係について、三上《みかみ》捜査本部長に報告した。

「神野についていえば、彼は、噂のあった原口かおりとは、結婚せず、新人歌手の森田まきと結婚しましたが、どうやらこれは、かおりとの関係が、噂になったのを打ち消すためのものだったようです」

「愛のない結婚というわけかね？」

と、三上本部長が、きく。

「森田まきは、歌は、まあまあですが、準ミス・関東になったぐらいで、スタイルもいいし、美人ですから、それなりの、関心は持っていたと思います。しかし、本当に愛していたとは思えませんね。その証拠に、原口かおりとの関係は、続いていたようですし、奥さんの森田まき、結婚して、神野まきですが、彼女も、男性歌手や、タレントとのアバンチュールを楽しんでいるという噂です。完全に、夫婦関係は、毀れてしまっているといって、いいんじゃないかと思います」

「すると、原口かおりが、昔の関係を持ち出して、神野をゆすっていたということは、ないんだな？」

　と、三上本部長が、きいた。

「ありませんね。今もいったように、実質的に、神野夫婦の夫婦仲は、毀れてしまっていますから」

「他に、神野と原口かおりの関係で、わかったことはないかね？」

「現在、神野は、映画につける音楽のことで、必死ですが、それがすんだあと、原口かおりと、コンビで、新曲を出すことが、決まっていたようです。例のベストセラーになった、トワイライト・ラブの再現を狙《ねら》ってのことらしいですよ」

　と、日下が、いった。

　亀井が、首をかしげて、

「私と、警部が会いに行った時は、神野は、そんな話は、おくびにも出しませんでしたがねえ」

　と、三上に、いった。

「なぜ、秘密にしていたんだと思うね？」

　と、三上が、十津川に、きいた。

「たぶん、殺された原口かおりとの関係は、あまりないことにしておきたかったからじゃないかと思います」

と、十津川は、いった。

三上は、うなずいてから、日下に、

「その新曲のことだが、神野か、原口かおりのどちらかが、反対していたということはないのかね？　この件で、二人の関係が、こじれていたということは？」

「いろいろと、きいてみましたが、それは、ありませんね。二人とも、乗り気だったようです」

「神野が、原口かおりを殺す動機は、見つからなかったというわけか？」

「残念ながら、今日の聞き込みでは、見つかりませんでした」

「和田秀人のほうにいこうか」

と、三上は、先を促《うなが》した。

「和田は、バブルがはじけて以来、会社の経営が、思わしくないようですが、それでも、倒産の事態になるほどではありません。バイタリティもあって、絶対に、この不況は、乗り切ってみせると、意気軒昂《けんこう》のようです」

「原口かおりとの関係は？」

「彼は、否定していますが、二人の関係は、周知のことで、彼が、景気のいい時、一千万以上するスポーツ・カーを、彼女にプレゼントしたことは、間違いありません」

「最近も、二人の関係は、続いていたんだろうか？」

「続いていたようです」

「二人の関係が、ぎくしゃくしていて、それが、殺意になったということは、ないのかね？」

「それがあればと思って、聞き込みをやりましたが、見つかりませんでした。和田は、否定していますが、最近も、彼女の誕生日や、クリスマスには、高価なプレゼントをしていたようです」

「なるほどね。和田が、彼女を独占したくなって、殺したという可能性は、どうだね？」

と、三上が、きいた。

「その可能性は、ゼロとはいえませんが、和田は、別に、原口かおりだけに、熱をあげていたわけではなく、銀座や、六本木《ろっぽんぎ》あたりのホステスともつき合っていましたから、独占したくて、殺すということは、なかったと思います」

と、西本は、いった。

「結論としては、神野と、和田の二人には、動機らしきものが、見つからないということだね？」

三上本部長は、西本たちを見て、きいた。

「特別な動機があれば別ですが、今のところは、殺す動機は、見つかりません」

と、西本は、いった。

次は、十津川と、亀井の報告だった。

十津川は、三冊のアルバムと、手紙の束を、机の上に載せて、報告をした。

「この三冊のアルバムには、彼女が、歌手だった頃から、現在までの写真が、貼られています。神野と一緒に写っているのもあれば、和田と並んでいる写真もあります。彼女は、交際範囲が広かったとみえて、この三冊のアルバムに写っている人間も、八十六人に達しています。その中に、神野と、和田以上に、彼女と深い関係があった人間がいるかどうか、今のところ、わかりません。手紙は、年賀状や暑中見舞いといった、型にはまったものを除いて、これだけありました。全部で、百十六通で、ほぼ、三年間にわたって、彼女が、受け取ったものです。もちろん、この中には、神野と、和田から来たものもあります。しかし、脅迫めいたものは、見つかりませんでした。彼女を殺した犯人が、持ち去ったのかもしれません」

と、十津川は、いい、付け加えて、

「凶器は、残念ながら、まだ、見つかっていません」

「凶器だが、マンションの周辺からも、見つからないのかね？」

「あのマンションの周囲、百メートル以内にある公園、排水溝、マンホールなど、全て、調べましたが、見つかりません」

「犯人が、持ち去ったということになるのかね？」

「そう思います」

「なぜ、わざわざ、持ち去ったんだろう？」

「わかりませんが、特別なナイフで、犯人と結びつくから、持ち去ったということが、考えられなくもありませんが」

と、十津川は、あまり自信を持てずに、いった。

犯人は、最初から、殺すつもりで、原口かおりのマンションを訪れたと思われるのだ。そんな場合、自分に結びつくような特殊なナイフを、使うものだろうか？　ごくありふれた、自分とは結びつかないナイフを使うものではないかと、思うからである。

「被害者のところにあった、刃物を使ったということは、考えられないのかね？」

と、三上が、きいた。

「どういうことでしょうか？」

「犯人は、あのマンションにあったナイフで、刺し殺したあと、バスルームで、きれいに洗い、何くわぬ顔で、元へ戻しておいたということだがね」

「それは、ありません。現場で見つかった果物ナイフや、包丁などは、全部調べましたが、傷口に一致するものは、ありませんでした」

と、十津川は、いった。

4

捜査は、壁にぶつかった。

神野と、和田は、いぜんとして、容疑者なのだが、いくら調べても、殺すだけの動機が、見つからないからである。

男二人と、女一人、適当に、楽しんでいたということしか、出て来ない。

十津川は、この二人以外の、原口かおりとの関係があったと思われる人間に、範囲を広げていった。男女を問わずである。

原口かおりと、ライバル関係にあった作詞家、彼女にけなされて、涙を流して口惜《くや》しがった新人歌手の女、彼女をホテルに誘って断わられたテレビ局のプロデューサー、やたらにファンレターをくれて、彼女が返事を出さないのを怒って、殺してやるといっていた青年。

だが、どれも、ピンと来なかった。バスルームで、何カ所も、めった刺しにするほど激しい怒り、恨みを持っている人間たちには、見えないのである。

「気に入らないな」

と、十津川は、呟《つぶや》いた。

「何がですか？」

と、亀井が、きく。

「何もかもさ。これを見てごらんよ、カメさん」

と、十津川は、何人もの容疑者の名前を書きつらねた黒板を、指さした。

「容疑の濃い男が、二人。その他は、何人でも、出て来る。被害者は、わがままな女だったらしいから、ちょっと憎んでいた人間なんていったら、何人でも、浮かんで来るんじゃないかな。だが、どれも、ピンと来ないんだ。こんなことは、初めてだ」

「犯人という感じがしませんか？」

「少し違うんだが――」

と、十津川が、いった時、捜査本部のドアを開けて、中年の男が、顔をのぞかせた。

十津川が、その男に、気がついて、

「小坂井《こさかい》君。私に、用か？」

と、声をかけた。

小坂井は、五十二歳。平《ひら》刑事だが、温厚な性格と、三十年近い警察官としての経験を生かして、現在、警視庁で、広報の仕事をしている。

小坂井は、まっすぐ、十津川のところへ歩いてくると、ポケットから、一通の封書を取り出して、十津川の前に置いた。

白い封筒の表には、「警視庁御中」と、きれいな字で、書かれてある。

裏を返したが、差出人の名前は、ない。

「これが、何か？」

と、眼をあげて、小坂井を見た。

「実は、一昨日《おととい》の午後、届いたんですが、差出人の名前もありませんし、書かれてあることが、抽象的《ちゆうしようてき》で、よくわからないので、屑籠《くずかご》行だと考えていたんです。それが、気になり出して、もう一度、読み直しましたところ、これは、十津川警部に、お見せしたほうがいいのではないかと、考えたのです」

「私の名前が、出て来るのかね？」

「とにかく、読んでください」

と、小坂井は、いう。

「では、拝見するよ」

と、いって、十津川は、中身を取り出した。便箋《びんせん》が出て来るのかと思ったら、入っていたのは、折りたたんだ原稿用紙だった。

急に、十津川の眼が、きつくなった。

「ちょっと待ってくれよ。この原稿用紙は、何処かで見たぞ」

「名前が入っています」

と、小坂井が、いう。

原稿用紙の隅に、「かおり専用」と、印刷されている。

「原口かおりの部屋にあった原稿用紙だ」

「ではないかと思ったので、お持ちしたんです」

小坂井は、したり顔をした。

十津川は、そこに書かれてある文字を、追っていった。

〈ある日、一人の女が、
血まみれで死んだ

その白い肌には、
憎しみの傷口が三つ、四つ
彼女は、そんな悪夢を、
いつも見て、うなされる
なぜなら、いつか
それが現実になることが
わかっているからだ

女が死んだ翌日か、あるいは
何日かあとに
男が一人、走る列車の中で、
苦しみながら死んでいった
その傍《そば》には、きっと
罪の清算をするという手紙が
置かれているに違いない
だが、罪の清算は、

まだ、終わりはしないのだ
やがて、また、何日か過ぎ
分別盛りの男が一人
毒を仰《あお》いで死んだ
その傍には、きっと
スーツケースが一つ
置かれているに違いない
男は、現実から逃げようとしたが
逃げきれずに死んだのだ
遺書を書く暇もなく
死は跳びはねて

ここまで書かれていて、最後の「死は跳びはねて」の文句は、二本の線で、消してあった。

十津川は、二度、読み返してから、それを、亀井に、渡した。

十津川が、煙草に火をつけて、考えている間に、亀井は、読み終わって、

「何ですかね？　これは」

と、十津川を見た。

「消印は、六月六日の午後で、新宿西口郵便局のものだよ」

「原口かおりが殺されたのが、六月七日ですから、死ぬ前日に、投函《とうかん》されているわけですね」

「そうだ」

「原口かおりの、文字に、間違い、ないんでしょうか？」

「筆跡鑑定の必要があるだろうが、よく似てはいるよ」

「もし、原口かおりが書いたとすると、彼女は、自分が殺されるのを、予期していたように、受け取れますね」

と、亀井は、いった。

「そこが、問題だと、私も、思うよ。しかも、何ヵ所も刺されて死ぬと、書かれている。現実に、彼女は、バスルームで、裸で、何ヵ所も刺されて、殺されていた」

「そうなんです。彼女は、もし、殺されると予感していたのなら、なぜ、警察に届けなか

ったんでしょうか?」

「だから、この手紙で、警察に届けたんだろう」

と、十津川は、いった。

亀井は、肩をすくめて、

「しかし、こんな投書で、しかも、差出人の名前もなくては、警察では、真剣に取りあげられませんよ」

「そうさ。だから、うちの広報も、取りあげずに、没にしかけたんだ。たまたま、ベテランの小坂井刑事が、原稿用紙の隅に印刷された名前を覚えていて、こうして、持って来てくれたわけだよ」

と、十津川は、いい、原口かおりの部屋から持って来た原稿を、机の引出しから、取り出した。題名だけが、書かれていた原稿である。

亀井が、傍に来て、のぞき込んだ。

「同じ筆跡のようですね」

「ああ。そっくりだよ。とにかく、筆跡鑑定にまわそう」

と、十津川は、いった。

手紙を、何枚かコピーしてから、若い西本刑事に、科研に持って行かせ、そのあと、コピーの一枚を、三上本部長のところへ、持って行った。

三上は、何回も読み直してから、

「君は、これを、どう判断したのかね？」

と、十津川の意見をきいた。

「感想は、いくつもあります。第一は、原口かおりが、いつか自分が殺されると、予感していて、それで、これを、警視庁宛に、殺される前日、送ったのではないかということです」

と、十津川は、答えた。

「しかし、それなら、なぜ、こんな、まぎらわしい書き方をしたのかね？　怯えていて、警察に守ってもらいたかったのなら、その旨《むね》、きちんと書いて、送りつけていれば、広報も、没にはせず、われわれも、何とか、彼女を守れたんじゃないかね？」

「その通りです。差出人の名前も、きちんと書き、自分が、誰に殺されそうになっているのかを詳しく説明してくれたら、こちらも、打つ手があったと思います。また、どうしても警察に頼みたくないのなら、弁護士に、相談しても良かったんじゃないかと思いますね」

「それなのに、なぜ、そんな方法を取ったのかな。これでは、何も事件が起きていなければ、誰だって、悪質な冗談だと思うだろう」

「私も、そう思います」

「しかし、彼女は、こんな手紙を送りつけた。今になってみると、第一の女の死体というのは、現実のものになったわけだね？」

「そうです」

「しかし、少しばかり、おかしいとは、思わないかね？」

と、三上が、きく。

「あまりにも、女の死に方が、一致していることですか？」

「そうだよ。この手紙は、彼女が殺される一日前に、投函されたものだ。殺されるかもしれないという予感があっても、別に、不思議はない。きっと、誰かに、脅かされていたんだろうからね。しかし、どんな形で殺されるかまでは、予想できないんじゃないかね。ナイフで刺殺されるか、首を絞められるか、あるいは、毒殺されるか、わからなかったと思うね。それなのに、ぴったり一致している。気味が悪いくらいにね。君は、それを、どう解釈するね？」

と、三上が、きいた。

「私も不思議に思いますが、正直にいって、理由は、わかりません。怖いのは、次の文章、さらに、三番目の予想も、ひょっとして、一致するのではないかということなんです」

と、十津川は、いった。

「二番目というと、走る列車の中で、男が、苦しみながら死ぬというやつだな」

「そうです。その傍には、手紙が置いてあるといい、その内容まで、書いてあります。罪の清算とです」

「この予想も、起きかねないと、君は、いうんだな？」

三上は、難しい顔になって、じっと、十津川を見すえた。

「普通なら、笑って、すませるんですが、あまりにも、原口かおりの死が、予告された通りなので、気になってしまいます。それに、二番、三番で、男が一人ずつ死ぬと書いてあるんですが、該当する人間がいるんです」

「神野と、和田か？」

「そうです。二番、三番に死ぬことになっている男は、神野と和田ではないのかという危《き》惧《ぐ》を抱きます」

「しかし、君。神野と和田は、原口かおり殺害の有力容疑者だったんじゃないのかね？」

と、三上が、首をかしげるようにして、きいた。

「その通りです。いや、その通りでしたというべきでしょう」

と、十津川は、いった。

「考えが変わったのかね？」

「今度の事件の実体を、見間違えていたと、思い始めているんです」

「どんな風にだね？」

「美人で、よくもてる女が、無残に殺されたとすれば、誰でも、動機は、痴情だと思います。私も、そう思いました。また、恰好《かっこう》の男が二人、実在した。被害者と関係のあった男たちです。痴情のもつれからの殺人と考えれば、この二人のどちらかが、犯人ということになります。だが、この手紙を見て、今度の事件は、ひょっとして、痴情のもつれなんかではなく、連続殺人の始まりなのではないかと、思うようになりました。もし、そうなら、次に狙われるのは、神野か、和田のどちらかだということになります」

と、十津川は、いった。

「根拠は、その手紙だけかね？」

「それに、神野と、和田の二人が、いい合わせたように、怯えているということです」

と、十津川は、いった。

「それは、彼等も、自分たちが、いつか殺されるのを、予感しているということになるのかね？」

「もう一度、二人に会って、この手紙を見せ、反応を、見て来ます」

と、十津川は、いった。

5

十津川は、亀井と一緒に、もう一度、作曲家の神野に会いに出かけた。

彼が仕事をしているマンションに、行ってみると、部屋のドアが、閉まっていた。居留守を使って、作曲に集中しているのかと思ったが、十津川が、何度も、インターホンを鳴らしていると、隣室の女性が顔を出して、

「お留守ですよ」

と、眉をひそめて、いった。

「いつからですか？」

と、亀井が、訊いた。

「昨日の夜から、いらっしゃいませんでしたよ。自宅がおありだから、そちらに、いらっしゃるんじゃありませんの」

と、相手は、眉をひそめたまま、いった。

十津川と、亀井は、久我山《くがやま》の神野の自宅へまわってみた。

幸い、妻のまきが、在宅していて、応対してくれた。結婚後も、歌手生活を続けている
というだけに、華《はな》やかな感じを与える。

その彼女は、十津川の質問に対して、

「主人は、旅行に出かけていますわ」

と、ニコニコ笑いながら、いった。

「行先は、何処ですか？」

「知りません。ちょっと出かけて来るといって、今朝、出発したんです」

「いつも、行先をいわずに、出かけるんですか？」

「ええ。主人は、秘密の多い人なんです」

相変わらず、まきは、ニコニコ笑いながら、いう。

「しかし、映画音楽の仕事で、やたらと忙しく、仕事場に缶詰めになっていると、いわれていたんですが、なぜ、旅行に出られたんですかね？」

と、亀井が、訊いた。

「さあ、あたしは、彼の仕事のことは、よく知りませんから」

と、まきは、関心がないという顔をした。

「今朝の何時頃、出かけられたんですか?」

と、十津川は、訊いた。

「さあ、何時頃かしら? あたしが起きた時は、もう、出てしまっていたから――」

「昨夜は、仕事場から、ここへ帰っていらっしゃっていたんですね?」

と、十津川は、訊いた。

「ええ。昨夜、おそく、突然、戻って来たんですよ。そして、いきなり、明日から、ちょっと旅行して来るというんですよ。朝早く出発するというから、そんな早く起きられないといったら、寝てていいといったんです」

「海外へ行ったということは、ありませんか?」

「あの人、外国は嫌いなんです。飛行機が、苦手だから」

と、いって、まきは、笑った。

「よく旅行する場所を、知りませんか?」

「さあ」

と、また、まきは、首をかしげた。

ひどく頼りない。妙な夫婦だなと、十津川は、思いながら、

「神野さんですが、何かを怖がっているようなところは、ありませんでしたか？」

と、訊いてみた。

「あたしも、仕事をしているから、主人が、何を怖がっているか、考えたこともありませんわ。主人って、何か、怖がっていたんですか？」

と、まきは、笑いながら、きき返した。

（これは、駄目だ）

と思い、十津川は、和田のほうへまわってみることにした。

中野に向かうパトカーの中で、亀井が、腹立たしげに、

「どうなってるんですかねえ、あの夫婦は。夫が殺されても、あの奥さんは、ニコニコ笑ってるんじゃありませんか」

「そうでもないんだろうがね」

と、十津川は、苦笑した。

中野にある和田の不動産会社に顔を出すと、今度は、社長の和田が、いなかった。

「今日は、社長は、来ていません。自宅のほうに、連絡をしてみたんですが、留守ということで、たぶん、急用ができて、外出しているんだと思います」

と、南部《なんぶ》という秘書が、いった。

「行先は、わかりませんか？」

と、十津川が、訊くと、南部は、困惑した顔で、

「こちらも、社長の決裁が必要な書類があるので、心当たりに電話しているんですが、何処にもいないんで、困っているんです。まあ、社長は、気まぐれなところがありますから、ぷいと、旅行に出かけたのかもしれません」

「旅行ですか？」

「ええ。社長は、若い時から、気まぐれな旅行が好きだったようで、時々、ぷいっと、いなくなって、困ることがあるんですよ」

と、南部は、いった。

「行先は、全く、わかりませんか？」

「わかりませんね。社長は、日本じゅう、旅行するといっていますから」

「海外旅行の可能性は、どうですか？」

「海外へ行くんなら、私たちに、何かいって行くはずだし、秘書の私に、航空券とか、ビザの手配をさせると思います。そういうことは、ありませんでした」

と、南部は、いった。

十津川と、亀井は、外に出たところで、思わず、顔を見合わせた。二人とも、難しい顔

になっていた。

「うまくないな」

と、十津川は、自然に、不安が、言葉になって、口をついて出た。

「例の手紙の二番の文章が、気になりますね」

と、亀井も、いう。

「私は、あの二番で死ぬ男を、何となく、神野のほうだと思っていたんだが、和田も、いなくなったとなると、どちらか、わからなくなって来たよ」

「それに、走る列車の中といっても、何処を走る、何という列車かもわからないのでは、手の打ちようがありませんね」

亀井も、いらだちを隠さずに、いった。

十津川は、捜査本部に戻ると、もう一度、原口かおりの手紙に眼を通した。すでに、科研からは、彼女の筆跡に間違いないという連絡が、入っている。

彼女は、まず、自分の死を予言し、続いて、男が一人、列車内で、死ぬと、書いている。

一番の歌らしきものは、現実のものとなり、二番が、また、現実化するとしたら、どこかを走る列車の中で、男が一人、殺されるのだ。それが、神野なのか、和田なのか、あるいは、それ以外の男が死ぬかはわからないのだが。

まさか、一通の投書をもとに、全国の警察に、協力を求めることは、できないと、十津川は、思った。

あの手紙には、男の名前も、場所も、列車名も、日時も、特定していないからである。捜査協力を求められても、求められた県警が、どうしていいか、戸惑ってしまうだろう。

十津川は、三上本部長に、報告したが、三上も、困惑した顔になって、

「雲をつかむような話じゃあ、手配のしようがないな」

と、溜息《ためいき》をついた。

「とりあえず、JRの各社に電話して、何かあったら、すぐ、こちらに、電話してくれるように頼んでおきます」

と、十津川は、いった。

まだるっこしいが、他に、打つ手が、考えられなかったのだ。

十津川は、手分けして、北は北海道から、南は九州までのJR各社、それに、主要な私鉄に、協力要請の電話を掛けた。

電話が完了したのが、午後二時四十分である。

午後四時四十二分。JR九州から、電話が、入った。

「今、ハイパーにちりんのグリーン車内で、男の客が、死んでいるという報告が入りました」

と、緊張した声で、いう。

十津川は、思わず、声を大きくして、

「それは、殺されたんですか？」

と、きいた。

「いや、まだ、詳しいことは、わからないんです。報告が、入ったばかりなんです。小倉《こくら》発、大分行の、ハイパーにちりん33号です。一六時三一分に、終着の大分に着いたあとで、車掌が発見したということで、大分県警にも、連絡したようです」

と、相手は、いった。

（九州か）

と、十津川は、思った。

十津川は、すぐ、大分県警に電話してみた。が、こちらでも、詳しいことは、まだ、わかっていなかった。

ただ、首を絞められていて、中年の男だとは、いった。これでは、神野か、和田か、わからない。第三者かもしれないのだ。

だが、十津川は、原口かおりの予言が、適中したと、感じた。

6

十津川と、亀井は、大分空港に飛んだ。

国東《くにさき》半島に作られた大分空港から、大分市までは、かなりの距離で、バスと、ホーバークラフトで、連絡されている。

だが、空港には、大分県警の広田《ひろた》警部が、迎えに来てくれていたので、パトカーで、大分県警に向かった。

「現場であるグリーン車は、一両だけ切り離して、大分駅の側線にとめてあります」

と、車の中で、広田が、説明した。

「身元は、わかったんですか？」

「持っていた免許証によると、神野幸太郎とわかりました。住所は、東京です」

「やはり、神野ですか」

と、十津川が、いうと、広田は、驚いて、

「ご存じだったんですか」

「東京で殺された女との関係なんですよ」

と、十津川は、いい、例の手紙のコピーを、広田に渡した。

「なるほど、この通りに、二人が、殺されたわけですね」

広田は、興奮した表情で、いった。

「それで、死体の傍に、手紙はありましたか？　それにのっている罪の清算という手紙ですが」

と、十津川は、きいた。

広田は、うなずいた。

「座席に、妙な手紙が置かれてあったので、何だろうかと思ったんです。ワープロで、きれいに、書いてありましてね。確かに、罪の清算とみれば、みれないことは、ありません」

と、いった。

大分中央署に、捜査本部ができていて、十津川と、亀井は、そこで、捜査本部長に、あいさつしてから、問題の手紙を、見せてもらった。

白い封筒に入っているのだが、封筒には、何の文字も書かれていない。

中身の便箋に、ワープロで、次のように、書かれてあった。

〈生きること自体が罪であるような人生がある。私の人生は、まさにそれである。私の人生は、生きるに値しない。それ故、いつか、罰が下されよう〉

十津川は、読み、それを、亀井に渡しておいてから、広田警部に、

「なるほど。わけのわからない文章ですね」

と、いった。

「そうでしょう。十津川さんに、あの手紙を見せられたので、これが、罪の清算といえばいえるかなとは、思うんですがね」

「しかし、明らかに、殺人なんでしょう?」

「そうです。現場を見に行きましょう」

と、広田はいった。

十津川と、亀井は、広田に連れられて、大分駅に行き、側線にとめてある車両に、乗り込んだ。

グリーン車で、座席《シート》の背もたれに、液晶テレビが取りつけてあって、映画が、見られる

ようになっている。

「被害者は、この窓際に腰を下ろして、映画を見ていたと思われます。耳にはイヤホンがつけてあり、テレビには、映画が、映っていましたからね」

　と、広田は、中ほどにある座席を指さした。

「犯人は、その真うしろに座っていて、ロープを、背後から、被害者の首にかけ、絞殺したと思われます。大分駅で発見された時は、シートにもたれるようにして、死んでいました」

「誰も、気づかなかったんですか？」

　と、亀井が、きいた。

「当日は、すいていて、グリーン車には、まばらな乗客しかいなかったそうです。犯人は、中腰になって、絞殺したと思われますが、伸びあがって、前席の乗客に話しかけているようにしか、見えなかったと、思いますね」

　と、広田は、いった。

「手紙は、何処にあったんですか？」

　十津川は、きいた。

「被害者の隣りが、空席でして、そこに置かれてありました」

「発見者は、誰ですか?」

「車掌です。最初は、終点の大分でも降りないので、眠っていると思ったそうです」

「切符は、何処までのものを、持っていたんですか?」

「別府《べっぷ》までの切符です」

と、広田が、いう。

「すると、別府までの間で、殺されたということになりますね」

「そうです。別府の次が、大分ですから、犯人は、たぶん、別府で、降りたと思います。まさか、死体と一緒に、大分まで乗っていたとは、思われませんから」

「凶器のロープは、見つかりました?」

「いや、まだ、見つかっていません」

と、広田は、いった。

7

次に、大学病院にまわって、遺体を見た。丁度、解剖が終わったところだった。

捜査本部に、電話していた広田が、戻って来て、

「今、署のほうに、奥さんが来たそうです」

と、十津川に、いった。

こちらへ来るというので、十津川と、亀井は、待つことにした。

四十分ほどして、神野の妻、まきが、顔を見せた。東京で会った時は、ニコニコ顔が、印象に残ったのだが、さすがに、今日は、緊張した表情になっていた。

彼女が、夫の遺体と会っている間、十津川たちは、待合室で、待った。

意外に早く、霊安室から出て来た彼女に、十津川たちは、待合室で、声をかけた。

まきは、こわばった顔をしていたが、涙のあとはなかった。

「神野さんが、九州に来ていたことは、ご存じですか？」

と、広田が、まず、訊いた。

まきは、三人の刑事の顔を、見まわし、その中に十津川を見つけると、

「この刑事さんに、前にお話ししましたけど、全く知りませんでしたわ。彼は、いつでも、行先をいわずに、ふらっと、旅に出るんです。今度も、そうでしたわ」

と、いった。

「犯人に、心当たりは？」

と、広田が、続けて、訊いた。

「ありませんわ、そんなもの」

怒ったような声で、まきは、いった。

「これを見てください」

と、広田は、持って来ていた例のワープロの手紙を、まきに見せた。

「それ、ご主人が書いたものと、思いますか？」

「変な手紙ですわね。意味がよくわかりませんわ」

と、まきは、小さく肩をすくめた。

「ご主人は、ワープロをお持ちですか？」

「ええ、持っていますわ」

「ご主人が、何かに悩んでいたとか、怯えているといったことは、ありませんでしたか？」

と、十津川が、訊いた。

まきは、馬鹿にしたように、小さく笑って、

「主人は、曲ができないといって、いつも、悩んでいましたわ。それに、売れなくなるんじゃないかって、いつも、怯えていましたわ」

と、いった。

「ご主人と、原口かおりさんの関係は、ご存じでしたか？」

と、十津川が、訊いた。

「もちろん、知っていましたよ。有名でしたから」

と、まきは、いってから、じっと、十津川を見て、

「だから、あたしが、主人と、彼女を殺したとでも、思っていらっしゃるの？」

「そうは、いっていませんがね。あるいは、あなたが、犯人をご存じじゃないかと思いましてね」

「わかっていれば、警察にいいますわ」

と、まきは、いった。

そのあと、まきは、東京で仕事があるといって、あわただしく、病院を出て行った。

「彼女は、歌手ですから、その仕事でしょう」

と、十津川は、広田に、説明した。

広田は、眉をひそめて、

「それでも、夫が亡くなったんだから、しばらく、休みをとったら、どうなんですかねえ」

「夫婦仲は、とうに、冷え切っているという噂ですから」

と、十津川は、いった。

「問題は、三番目の言葉ですね。分別盛りの男が毒を飲んで、死んでいるというやつです。これは、和田秀人と、考えられますか？」

うす暗い待合室で、広田が、十津川に、いった。外来の時間は、過ぎているので、待合室に、人影はない。

「和田は、四十歳ですから、分別盛りという形容に一致はしています」

と、十津川は、いった。

「その和田秀人は、今、何処にいるんですか？」

「私たちが、東京を出て来る時点では、行方不明でした」

「行方不明といいますと？」

「彼は、不動産会社の社長ですが、会社に出て来ていないんですよ。社員の説明によると、和田は、時々、ふらりと、いなくなるそうです」

「家族は？」

「奥さんとは、別居しています」

「原因は、原口かおりですか？」

「彼女も、原因の一つになってはいるでしょうね」

と、十津川は、いった。

「和田秀人に訊けば、今度の事件の真相が、わかるんじゃありませんか？　彼が、予定された三番目の犠牲者としてですが」

広田は、真剣な眼で、十津川を見た。

「私も、そう考えます」

と、いったあと、亀井に、電話で、和田が戻っているかどうか、きいてみてくれと、頼んだ。

亀井は、待合室にある公衆電話で、東京に掛けていたが、戻って来て、小さく、手を振った。

「彼の会社と、自宅の両方に掛けてみたんですが、いませんね。会社のほうは、今日も休みだということですし、自宅のほうは、いくら呼んでも、誰も出ません」

「自宅で死んでいるというようなことは、ないでしょうね？」

と、広田が、きく。

「三番目の文章は、『やがて、また、何日か過ぎ』となっていますから、和田が、殺されているということはないと思いますが」

と、十津川は、いったが、不安は、拭《ぬぐ》い切れなくて、今度は、自分で立って行って、東京の西本刑事に電話を掛けた。

「和田秀人の自宅へ行って、彼がいるかどうか、調べて欲しい。誰かいたら、家の中を見せてもらえ。次に殺されるのは、和田秀人だといってね。私たちは、これから、大分中央署に戻るから、結果は、そっちへ、電話してくれ」

と、十津川は、西本に、いった。

三人は、そのあと、捜査本部に戻った。そこで、神野の所持品を、見せてもらった。現場に、残っていたのは、小さなボストンバッグ一つだけで、その中には、着がえの下着などと一緒に、銀行の帯封がついたままの百万円の束が十個入っていた。一千万である。その金がなくなるまで、旅をしていようと、思ったのだろうか？

上衣のポケットには、財布、クレジットカード、キーホルダーなどが入っていたという。財布の中身は二十六万円余りだった。

「ちょっとした旅にしては、所持金が、多過ぎると思いませんか？」

と、亀井が、十津川に、いった。

「そうだね」

「財布の中の二十六万だけでも、一週間くらいは、旅ができます」

「すると、カメさんは、ボストンバッグの中の一千万は、旅費じゃないと思うのか？」

「ええ。ひょっとして、誰かに渡すつもりで、持って来たんじゃありませんかね。帯封がしたままですから――」

「誰に渡す気だったのかね？　犯人かな？」

「わかりませんが、犯人の可能性もありますね」

と、亀井が、いった時、電話が鳴った。東京の西本からだった。

「和田の家へ行って来ました。留守番役のお手伝いが一人いるだけだったので、強引に、家の中を見せてもらいましたが、和田は、留守ですね。行先は、そのお手伝いも、知らないと、いっています」

「いつから、いないか、わかるかね？」

「それも、はっきりしません。一昨日も、いなかったと、いってるんですが、その前は、お手伝いは、来ていないようですから。それから、こちらが電話した時、出なかったのは、和田に、留守の時は、電話に出るなと、いわれているからだそうです」

「和田が現われたら、捕まえておくんだ。彼も、殺される恐れがあるからな」

と、十津川は、いって、受話器を置いたが、自然に、溜息が出た。

「どうなってるんだ」

と、十津川は、呟いた。肝心《かんじん》の男が、行方不明では、捜査のメドが立たない。

大分県警では、別府のホテル、旅館に、被害者が予約してなかったかどうか、ハイパーにちりんのグリーン車内で、犯人を目撃した者はいなかったかどうか、これから、聞き込みをやるという。

「われわれは、東京へ帰ろう」

と、十津川は、亀井にいった。

合同捜査本部を設けるということが決まってから、十津川と、亀井は、空路、東京に舞い戻った。

東京の新宿署に着くと、十津川は、西本に、

「まだ、和田は、戻っていないか？」

と、きいた。

「自宅は、現在、日下刑事と、青木《あおき》刑事が、見張っています。連絡が来ないところをみると、和田は、まだ、帰っていないんだと思います」

「和田の行先は、やはり、わからないかね？」

「わかりませんが、もう一度、お手伝いに訊いたところ、一つ、わかったことがあります」

「どんなことだね？」

「和田が、いつも、旅行に出る時、持って行くスーツケースが、あるんだそうです。白の革のスーツケースで、和田が、愛用していたんだそうですが、彼の書斎を、見てもらったところ、それが、なくなっていると、お手伝いは、いっていました」

と、西本は、いった。

「すると、和田は、そのスーツケースを持って、出かけたということだね？」

「そうです」

「車に乗って、出かけたのかな？　それとも、列車か、飛行機でかね？」

「車は、駐車場にありますから、車ではないと思います」

と、西本は、いった。

「白いスーツケースを持って、出かけたというのが、気になりますね」

と、亀井が、十津川に、いった。

「そうだよ。例の手紙の三番には、毒を飲んで死んだ男の傍に、きっと、スーツケースが一つ置かれているに違いないと、書かれてあるからね」

と、十津川も、いった。

三日たっても、和田は、帰宅しなかった。もちろん、会社にも、顔を出していない。十津川は、刑事たちに、和田の友人、知人に当たらせる一方、和田の取引銀行に、当たってみた。

神野のボストンバッグに、一千万円の札束が入っていたからである。

十津川の予感は、当たっていた。和田も、銀行から、一千万円を、おろしていたからである。

それも、行方がわからなくなる三日前に、おろしている。

神野の場合も、同じだった。一千万円をおろして、すぐ、九州へ旅立ったわけではなかった。こちらも、三日前に、一千万円を、おろしていた。

「何か買うために、おろしたんじゃないんだ。旅行に持って行くために、おろしている」

と、十津川は、いった。

「なぜ、そんなことを、したんでしょうか？」

亀井が、きいた。

「前に、カメさんがいったことが、当たっているかもしれないよ」

「誰かに、渡すためですか？　誰かに、ゆすられていて」

「そうだ」

「とすると、神野は、金を持って行ったにも拘《かかわ》らず、犯人に、殺されてしまったということになって来ますね」

「神野のほうは、一千万円で、相手を、懐柔できると思っていたんじゃないかな。それで、安心しているところを、殺されてしまったんじゃないかな。そう考えれば、のんびり、座席に腰を下ろして、映画を見ていた理由が、わかってくるよ」

と、十津川は、いった。

「すると、和田秀人も、同じ目にあう危険がありますね」

亀井が、不安気に、いった。

「下手《へた》をすると、すでに、殺されているかもしれない」

と、十津川は、いった。

「和田は、別荘にいるんじゃありませんか？」

「彼は、別荘を持っていないんだ」

と、十津川は、いったが、急に、表情を変えて、

「和田の会社へ行ってみよう」

と、亀井に、いった。

「もう午後八時過ぎです。閉まっていますよ」

「宿直はいるよ」

と、十津川は、いい、もう、歩き出していた。

二人は、パトカーで、中野にある和田の不動産会社に向かった。着くと、宿直の社員に、警察手帳を突きつけて、ドアを開けさせ、中に入った。

「何を探すんです？」

と、亀井が、きく。

「物件の中の、別荘向きのものに、どんなものがあるか知りたいんだ。バブルがはじけて、住宅が売れなくなっている。別荘も、売れないだろう。和田は、そんな、売れなくなった物件の中で、気に入ったものを、別荘として、使っているんじゃないかと、思ってね」

と、十津川は、いった。

物件は、写真つきのカードにして、分類されていた。

価格別、地域別になっているのだが、別荘だけは、別になっていた。

十津川は、別荘のカードを、一枚一枚、見ていった。物件の数は、六件。関東地区周辺に限られているが、海辺と、山あいの温泉地の二つに分かれている。

「この中のどれを、和田は、自分の別荘として、使っていると、思うかね？」

と、十津川は、写真つきのカード六枚を並べて、亀井を見た。

亀井は、じっと、見ていたが、

「和田は、見えっ張りです。それに、高いものほど、今の時代は、売れないと思います。引き合いもないんじゃないですか」

「わかった。私も、同感だよ」

十津川は、ニッコリ笑った。

六件の中《うち》、一番、高価なのは、御殿場《ごてんば》の別荘だった。

「行ってみよう」

と、十津川は、いった。

「今からですか?」

「そうだ」

と、十津川は、うなずいた。

「行きましょう」

と、亀井も、いった。

8

二人を乗せたパトカーが、御殿場のその建物に着いた時、午前二時をまわっていた。

和風の洒落《しやれ》た造りの別荘である。恐らく昔は、財閥の当主かなにかの別荘だったのだろう。

「明かりがついていますね」

と、車の中で、亀井が、いった。

「入ってみよう」

と、十津川が、いった。

二人は、車から降り、門を押し開けて、敷地の中へ入って行った。一階は暗いが、二階にだけ、電気がついている。

裏に、池でもあるのか、蛙の鳴き声がきこえてくる。別荘を囲むように、雑木林が広がり、風で、葉が、鳴っていた。

「うす気味悪いですね」

と、玄関に向かって歩きながら、亀井が、小声で、いった。

敷石伝いに玄関に辿《たど》りついたが、人の気配はない。

玄関には、木槌《きづち》と、魚の形の板木が、吊《つ》り下がっていた。それを叩《たた》いて、案内を乞《こ》うのだろうと思い、十津川は、二回、三回と、叩いたが、返事は、なかった。

その間に、亀井が、玄関の戸に手をかけてみたが、

「開きますよ」

と、振り返って、十津川を見た。

亀井の開けた戸の隙間《すきま》から、二人は、中に入った。亀井が、手さぐりで、電気のスイッチを入れた。

一階に、人のいる気配はない。二人は、電気のついていた二階に、あがって行った。

二階にも、広い廊下が、窓際にめぐらされている。廊下を歩きながら、部屋を、一つ一つ、見ていった。

一番奥の和室の障子を開けた時、十津川と亀井の口から、同時に「あっ」という声が、洩れた。

窓に向かって、大きな机が置かれ、それに、もたれる恰好で、和服姿の男が、突っ伏していたからである。

ぴくりとも動かない姿から、その男が、死んでいると、十津川は、直感した。

亀井は、駈《か》け寄って、男を、仰向けに、畳の上に、寝かせた。

間違いなく、和田秀人だった。

「青酸ですね」

と、亀井が、呟いた。明らかに、青酸死特有の反応が、顔に表われている。

十津川は、周囲を見まわした。

机の上には、レミーのびんと、グラスが、置かれている。グラスの底には、少し、ブランデーが残っていた。

死体の横の畳の上には、白いスーツケースが置かれてある。原口かおりの手紙の三番に書かれた情景と、ぴったり、一致しているのだ。

分別盛りの男が一人
毒を仰いで死んだ
その傍には、きっと
スーツケースが一つ
置かれているに違いない
男は、現実から逃げようとしたが
逃げきれずに死んだのだ
遺書を書く暇もなく

「いまいましいほど、ぴったりと一致しているな」

と、十津川は、声に出して、いった。

白いスーツケースを開けてみると、予想した通り、一千万円の札束が、入っている。

机の上のレミーの中には、きっと、青酸カリが、混入されているに違いない。

亀井が、家の中にある電話で、一一〇番して、事件を知らせた。
五、六分で、静岡県警のパトカーが、鑑識と一緒に、やって来た。
秋山《あきやま》という県警の警部に、十津川は、事情を、説明した。

背の高い、秀才肌の秋山は、見下ろすように、十津川を見て、

「予告された殺人というわけですか？」

「そうですね。予告の通りに、一人の女と、二人の男が、殺されましたからね」

「警視庁に届けられたその手紙というか、予言というか、詩というかに従って、犯人は、殺人を犯しているということなら、それを書いた人間か、あるいは、それを読んだ人間が、犯人ということになってくる」

と、秋山は、いう。

「書いた原口かおりは、最初に、殺されています」

「それなら、読んだ人間ということですね」

「しかし、秋山さん。あんな、殺人計画みたいなものを、書いた当人が、誰かに見せる

と、思いますか？」

と、十津川が、きいた。

秋山は、小さく笑って、

「原口かおりが、その通りに、殺人を犯していくつもりでいたのなら、誰にも見せなかったでしょうがね。おふざけで書いたのなら、誰かに見せていたということは、十分に、考えられるじゃありませんか？」

「しかし、原口かおりは、これを、警視庁に送りつけて来たんですよ。おふざけで、そこまで、やりますかね？」

と、十津川は、きき返した。

秋山は、また、小さく笑って、

「そんなことの説明は、簡単ですよ。原口かおりは、おふざけで、書いて、どうだ、面白いだろうと、友人に見せた。ところが、その友人は、これは面白いから、警察に送りつけてみたらどうだと、すすめる。警察の反応を見ようじゃないかと、けしかけたんですよ。それで、原口かおりは、警視庁に、送りつけた。それだけのことです」

と、得意げに、いった。

「すると、その友人が、連続殺人事件の犯人というわけですか？」

「そうなりますね。原口かおりの考えた通りに、殺人を連続していけば、原口かおりに、疑いがいく。そう考えたんでしょう」

と、秋山は、いう。

その言葉に、十津川が、反発しかけた時、若い刑事の一人が、秋山に向かって、

「下の台所を見て来ましたが、冷蔵庫には、肉や野菜が、かなりの量、入っています。それから、屑入れの缶には、食事の食べかけが、これも、かなりの量が捨てられていましたから、何日か、ここで、過ごしたものと思います」

と、報告した。

もう一人の刑事が、それに、続いて、

「ここには、テレビが一台もありませんし、新聞も、入っていませんね。情報的には、陸の孤島だったようです」

と、いう。

十津川は、この別荘に入った時、何か変だなと感じたのだが、それは、テレビや、新聞が、なかったからだったのだ。

もともと、売るつもりの別荘だから、テレビもないし、新聞も入っていないのだろう。

冷蔵庫だけは、和田が、急いで、買い求めたに違いない。食べ物を入れておくのに、必要

だからだろう。

和田の死体は、解剖のために、運ばれて行った。

秋山警部たちも、一緒に、帰って行き、広い屋敷には、十津川と、亀井だけが、残された。

夜が明けた。

二階の部屋で、二人が仮眠をとっていると、外で、男の声がした。

十津川が、降りて行き、玄関を開けると、小型トラックが、門のところにとまり、若い男が、頭を下げながら、近寄って来た。

「和田さんは、いらっしゃらないんですか？」

と、きく。

「何の用だね？」

「レンタルのテレビと冷蔵庫、それにビデオを引き取りに来たんですよ。丁度、一ヵ月たちましたからね。延長するなら、それでも、構いませんが、料金を払っていただければね」

「テレビ？」

「ええ。持って行っていいでしょう？」

「冷蔵庫はあるが、テレビと、ビデオはないよ」

「冗談は、やめてくださいよ」

若い男は、顔をしかめて、十津川に、いった。

「中に入って、確かめてみればいい」

と、十津川は、いった。

男は、ぶつぶついいながら、入って来たが、まず、台所で、冷蔵庫を、確かめてから、二階に、駈けあがった。

奥の部屋に入ると、「あれ！」と、声をあげて、

「ここに、二九インチのテレビと、ビデオを、つけておいたんですよ。何処へやったんです？　困りますよ」

と、十津川に、文句を、いった。

「本当に、テレビと、ビデオが、ここにあったのかね？」

「ありましたよ。これを見てくださいよ」

と、男は、契約書を広げて見せた。なるほど、テレビ、ビデオ、冷蔵庫の名前が、載っている。

「和田さんに会えばわかるんだ。あの社長さん、いないんですか？」

「一ヵ月前に、借りたといったね？」

「ええ。この別荘は、売り物なんですってねえ。なかなか売れないから、自分で、時々、使う。使ってないと、かえって、建物が傷《いた》むからって、あの社長がいって、テレビと、ビデオ、それに冷蔵庫をレンタルしたんですよ。困っちゃうな。ねえ、和田さんは、いないんですか？」

「彼は、殺されたよ」

と、いって、十津川は、警察手帳を見せた。

男は、「えっ！」と、声をあげてから、

「じゃあ、泥棒が入って、和田さんを殺して、テレビと、ビデオを、盗《と》って行ったんですか？」

「そうかもしれない。とにかく、テレビとビデオが見つかったら、君の店に、連絡するよ」

と、十津川はいって、男を、帰らせた。

そのあと、十津川と、亀井は、顔を見合わせた。

「どういうことなんでしょうか？　あるはずのテレビと、ビデオがないというのは」

と、亀井が、首をかしげた。

「殺された和田が、捨てるはずがないから、犯人が、捨てたんだと思うね」

と、十津川は、いった。

「なぜ、犯人は、そんなことを、したんですかね？　意味がないと、思いますが」

「和田は、ここへ、四、五日前から来ていた。たぶん、姿を消した日から、ここへ来ていたんだと思う」

「はい」

「もし、ここに、テレビがあったら、どうだろう？」

「当然、ハイパーにちりんの車内で、神野が殺されたのを、知ったでしょうね」

と、亀井が、いった。

「それだよ。神野が、殺されたことを知っている和田が、簡単に、青酸入りのブランデーを飲まされて死ぬというのは、おかしいじゃないか。テレビがなく、新聞もとってなければ、おかしいとは、思われない」

「しかし、テレビはあったわけですから、和田は、知っていたはずですよ」

と、亀井は、いった。

「あとで、御殿場署へ行ってみよう。解剖の結果が、知りたいんだ」

と、十津川は、いった。

9

時間をみて御殿場署に行くと、解剖結果が、報告されて来ていた。

それを、秋山警部が、見せてくれた。

死因は、青酸中毒死。

死亡推定時刻は、六月十四日の午後十時から十一時になっていた。

ハイパーにちりんの車内で、神野が殺されたのが、六月十日だから、四日目に、殺されたことになる。

その報告書には、もう一つ、興味をひくことが、載っていた。

被害者の両手首と、両足首に、内出血の痕《あと》があり、右腕に、注射の痕があるというものだった。どちらも、ごく最近、ついたものだと書かれてある。

注射のほうは、その種類がわからないが、両手首と、両足首の内出血というのは、恐らく、ロープか何かで、縛られていたのではないかという疑いを持たせる。

「これは、明らかに、被害者が、あの別荘に、監禁されていた証拠です」

と、秋山が、いう。

確かに、そうだろう。だが、犯人は、なぜ、そんなことをしたのだろうか。

十津川は、原口かおりが、殺された時のことから、考え直してみた。

六月六日　問題の予告の手紙を、原口かおりが、投函
六月七日　原口かおりが自宅バスルームで殺される
六月八日から九日にかけて
　　　　　神野幸太郎と、和田秀人が、姿を消す
六月十日　ハイパーにちりんの車内で、神野が殺される
六月十四日　御殿場の別荘で、和田秀人が毒殺される

和田が、六月九日に、東京から姿を消したとしても、その日の中に、御殿場の別荘に来ていれば、六日間、ここにいたことになる。

当然、その時には、テレビがあった。十日に、ハイパーにちりんでの殺人があったわけだから、十日の夜のニュースで、この事件は、報道されたはずである。

そうなれば、用心して、犯人のすすめる青酸入りのレミーなど、飲まないだろう。いや、ここから逃げ出して、警察に保護を求めるか、海外へ脱出してしまうのではないか。

犯人としては、それでは、困る。

そこで、十四日まで、和田を監禁しておき、十四日になって、殺した。もちろん、二人で乾杯したりしたのではなく、両手、両足を拘束しておいて、無理矢理、飲ませたのだろう。

死んだのを確かめてから、犯人は、拘束を解き、机の上に、レミーのびんと、グラスを置いた。

それだけでなく、部屋にあったテレビと、ビデオを、何処かへ、処分した。

テレビがあって、十日の事件を、ニュースで見ていれば、おとなしく、青酸入りのブランデーを飲むのは、おかしいということになってしまうからだ。

「結局、犯人は、誰なんでしょう?」

と、亀井は、十津川に、きいた。

「常識的に考えれば、原口かおり、神野幸太郎、和田秀人の三人に、恨みを持っている人間ということになってくるね」

「そうなんですが、そんな人間がいるでしょうか。調べた限りでは、三人とも、ずいぶん、チャランポランな生活をしていますが、殺されるような恨みを買うことはなかったんじゃないですかねえ」

と、亀井が、いう。

「だが、あったんだな。だから、殺されたんだ」

「三人に、恨みを持っているとすると――」

「三人のことを、よく知っている人間になるね」

「いますか？　そんな人間が」

「一人いるよ。神野の妻の神野まき。歌手の森田まきだ」

「しかし、なぜ、彼女が、三人を殺すんですか？」

「動機があるかどうか、調べてみようじゃないか」

と、十津川は、いった。

「しかし、あの手紙は、どうなりますか？　原口かおりの予告の手紙です。あれが、森田まきが、書いたものなら、わかりますが」

と、亀井が、いった。

「それは――」

と、いいかけて、十津川の表情が、急に、きつくなって、

「あの手紙は、原口かおりが書いたものじゃないかもしれない」

「しかし、筆跡鑑定して、原口かおりのものとなっていますよ」

「そうだがね、あれは、警視庁に送られて来た手紙の文字と、原口かおりの家の机の上にあった原稿の文字を比べたんだ。いいかね、原口かおり以外の人間、例えば、森田まきが、原口かおりの原稿用紙を盗んでおいて、それに、自分の字で、例の奇妙な予告の手紙を書き、六月六日に、投函する。そして、七日の夜、原口かおりを、彼女のバスルームで殺してから、机の上に置かれた原稿用紙に、題名だけ書いて、逃げ出す。両方とも、彼女の書いた字なんだから、筆跡鑑定で、同一人のものと判断されるのが、当たり前なんだ」

と、十津川は、いった。

「なるほど」

「だから、森田まきの書いたものと、比べなければ、いけなかったんだよ」

「じゃあ、森田まきの書いたものを、見つけてきます」

「彼女にわからないように、もらって来いよ」

「大丈夫です。彼女、歌手ですから、レコード会社のお偉方や、作曲家、作詞家に年賀状を出しているはずです」

と、亀井は、いって、出かけて行った。

亀井は、いった通り、二枚のハガキを持って、帰って来た。

どちらも、年賀状で、作曲家と、テレビ局のプロデューサーに宛てたものだった。

十津川は、その二枚を持って、もう一度、科研へ、筆跡鑑定を、頼みに行った。

十津川たちは、その結果を、じっと、待った。

10

丸一日たって、結果が出た。

十津川の予想通り、筆跡は、一致したということだった。

やはり、例の予告の手紙は、原口かおりが書いたものではなく、森田まきが、書いたものだったのだ。

「彼女を、呼びましょう」

と、亀井が、いった。

神野まきこと、森田まきが、連れて来られた。最初は、怒っていたが、十津川が、例の予告の手紙と、まきの年賀状二枚を並べて、まきの前に置くと、急に、顔色が、変わった。

「鑑定の結果、君の筆跡だと、わかったよ」

と、十津川は、いった。

「同じなら、どうだっていうんですか？」

と、まきは、甲高《かんだか》い声で、きく。

「あなたが、原口かおり、神野幸太郎、それに和田秀人の三人を、殺したことになってくる」

と、十津川は、いった。

「なぜ？　あたしの書いた通りに、三人が、死んだから？」

「そうです」

「あたしには、三人を殺す動機がないわ。なぜ、三人を、殺さなければならないの？」

と、まきが、きく。

「それは、君の書いた予告文の中に出ているよ。最初に殺された原口かおりについては、『憎しみの傷口が三つ、四つ』と、書いてある。君は、夫の神野と原口かおりの関係について、平気な顔をしているが、本当は、彼女に対して、深い憎悪を持っていたことになる。夫の神野殺しについても同じだ。ここには、『罪の清算』という言葉が、使われている。たぶん、神野は、君に対して、原口かおりとの関係を清算すると、いつも、いっていたんだろう。だが、彼は、その約束を、破り続けた。それに対する不信が、夫殺しの動機に違いない。最後の一人、和田秀人への動機は、正直にいって、よくわからないが、スーツケースが、言葉の中に出てくるのが、動機じゃないかと、思っているよ。殺す前から、スーツケースが置かれているはずだと、書いているからね」

「スーツケースが、なぜ、動機になるの？」

「その中には、一千万円の札束が入っていた。犯人は、それを、なぜ、持ち去らなかったんだろうと、考えてみたんだよ。それで、これは、犯人の主張じゃないかと、思った。和田は、金で、相手の面《つら》を張るような手口で、仕事をしてきた。女性に対しても、同じだったんじゃないのか。原口かおりに対しても、そんなやり口をしているからね。たぶん、和田は、君に対して、札束を見せびらかして、肉体関係を迫ったりしたんじゃないのかね？」

と、十津川は、訊いた。

まきは、急に、ゆがんだ笑いを浮かべて、

「あいつは、あんたのいう通り、なんでも、金で解決できると思ってる男だったわ。あたしは、いつも、札束を見せびらかされて、これで、君のリサイタルを開いてやるとか、スポーツ・カーを買ってやるとかいってたけど、一度として約束を守ったことはないわ。だから、札束の詰まったスーツケースを傍に置いて、殺してやったのよ。自分の命は、金で買えなかったことを、示してやるためにね」

と、いった。

その言葉は、自分の犯行を認めたものだった。

「彼が、よく、あの別荘へ行くのに同意したね？　どうやって、あそこへ連れて行ったんだ？」

と、亀井が、訊いた。

まきは、笑って、

「あんな生き方をしていれば、悪い秘密の一つや二つ持っているし、私は、それを、つかんでいたわ。公《おおやけ》になれば、困るような秘密をね。一千万円持ってくれば、その秘密は、喋《しゃべ》らないわっていってやったら、あのスーツケースに、一千万円の札束を詰めて、あの別荘に、やって来たのよ。あの男らしいわ」

「ロープで縛って、注射を射《う》ったね？」

「ええ。予告の通りに、神野を殺した数日後に、殺してやりたかったからよ。第一、同じ日に、殺せないもの。注射は、おとなしくさせるためよ」

「テレビとビデオを捨てたのも、君だね？」

「ええ。テレビが置いてあったら、あの男が、逃げなかったのを、不審に思われるからね」

「神野は、どうして、九州まで誘い出して、殺したんだ？」

「神野は、先月の原口かおりの誕生日に、一千万円も出して、宝石を買ってやってるのよ。そのうえ、また一緒に、ＣＤを出したいなんていい寄ってね。そんなことをしても、あたしが、平気でいると、甘く見ていたのよ。原口かおりが殺されたんで、ぶるっちゃったんだと思うわ」

「なぜ、彼は、君が犯人だと、警察にいわなかったんだろう？」

と、亀井が訊くと、まきは、また、笑って、

「神野も、悪いことをいろいろやってるからだわ。麻薬をやってたことがあるんだって、あたしは、知ってるわ」

「それで、警察にいわず、君にいわれる通り、九州へ行ったのか？」

「原口かおりに、一千万円の宝石を買ってやったんだから、あたしにも、一千万円頂戴《ちょうだい》。それも現金でね。そして、別府温泉へ連れてって、といってやったのよ。彼は、それで、あたしが満足するのかと思って、ほっとして、あたしの指示通りに、一千万円持って、あの日、ハイパーにちりんに、乗ったのよ」

「なるほどね。三人も殺して、今、どんな気持ちなんだね？」

と、十津川は、訊いた。

「そうね。後悔はしてないわ」

と、まきは、いった。

「最後に訊きたいんだが、あの予告の中で、最後に『死は跳びはねて』と書いて、消しているね。あそこに、何を書こうと思ったんだね?」

「メモ用紙と、ペンを貸して」

と、まきはいい、十津川が渡すと、それに、次のように書いて、見せた。

〈死は跳びはねて
自分に戻って来るに違いない
その時、私は、
後悔するだろうか、
それとも、満足して笑えるだろうか〉

「これを、どうして書かなかったんだ?」

と、亀井が、訊くと、まきは、今度は、声を出して、笑った。

「犯人が、どうせ、最後には自殺と思われたら、あなた方は、調べてまわらないんじゃないの？」

城崎《きのさき》にて、死

1

独身の日下刑事は、JR武蔵境《むさしさかい》駅から、バスで、十五分のマンションに、住んでいる。

周囲には、まだ、かなりの緑が残っているし、近くに、都立の総合病院があったりするのだが、唯一の欠点は、コンビニエンスストアが、ないことだった。

最近の学生が、部屋を借りる時、第一にあげる条件が、近くにコンビニがあることだというから、日下のマンションは、学生にとっては、落第ということになるだろう。

日下も、夜おそく帰った時などは、近くにコンビニがあったらと思う。

それが、ある日、道をへだてた空地に、プレハブの建物ができあがったかと思うと、それが、コンビニになった。

日下は、大げさないい方をすれば、やっと文明社会に住めるようになった気がした。特に、夜おそくなって、窓の外を見た時、以前なら、そこには、暗い空間があっただけなのだが、今は、二十四時間営業の明かりがついている。

それは、日下を、安心させ、豊かな気分にさせてくれた。

今までは、夜中に、急に腹がすいても、じっと、我慢するより仕方がなかったが、これからは、歩いて、二、三分のところに、それほど種類はないが、食べるものがあるのだ。

五月二十九日の午前二時頃、眼がさめてしまい、日下は、トイレへ立ってから、急に、何か食べたくなった。冷蔵庫を開けてみたが、何も入っていない。それで、初めて、前のコンビニへ行ってみることにした。

パジャマの上から、ブルゾンを引っかけて、日下は、サンダルばきで、店へ、歩いて行った。

深夜に、よく、若者が集まっていたりするらしいが、今夜は、客の姿はなかった。店番の若い男が、ちらりと、日下を見たが、すぐ、眼を帳簿に落として、計算を始めた。

日下は、牛乳とサンドイッチを買い、そのあと、何か、読むものをと思い、週刊誌の並んでいる棚のところへ足を運んだ。

週刊誌の一冊を手に取って、見ていると、急に、華《はな》やかな色彩が、眼の隅に飛び込んで来た。

明るい、黄色のワンピース姿の若い女だった。二十二、三歳だろうか。

日下は、彼女の横顔を、盗み見た。色白で、ちょっと上を向いた鼻が可愛《かわい》らしい。

彼女は、まっすぐ、雑誌のコーナーへ来て、週刊誌の一冊を手に取った。他のコーナーには、見向きもしなかったところをみると、初めから、週刊誌を、買いに来たのだろうか。

日下は、何か、彼女が気になって、こちらは、コミック誌を見たり、写真週刊誌を見たりしながら、時々、彼女の様子を、盗み見た。

どうやら、彼女は、同じ週刊誌を、見ている様子だったが、その中《うち》に、彼女は、週刊誌を棚に戻し、何も買わずに、店を出て行った。

(どんな物を買うのだろうか？)

と、興味があったのだが、日下は、拍子抜《ひようしぬ》けしてしまった。

その代わりに、どんな週刊誌を見ていたのかと思い、日下は、彼女のいた場所に足を運んで、そこにある週刊誌を、手に取ってみた。

Kという週刊誌だった。

(あれ？)

と、思ったのは、その週刊誌の真ん中あたりのページが、折ってあったからだった。

彼女は、そこに、何か関心のある記事があったので、ページを折ったのだろうが、それを忘れて、買わずに、帰ってしまったらしい。

日下は、ひとりで、ニヤニヤ笑った。彼女は、なかなか美人だったが、こんな間の抜けた、可愛らしいところがあるのかと、思ったからである。

ページを折ってあったところには、

〈こんな女が、嫌われる〉

という見出しがあり、有名人のコメントが、沢山《たくさん》、載っていた。

そのことにも、日下は、微笑《ほほえ》ましさを感じた。これが、堅苦しい記事のページだったら、日下は、敬遠したい女性だと、思ったに違いない。

それから、一週間ほどして、日下は、深夜に、もう一度、例のコンビニに、行ってみた。

もう一度、あの女に、会いたかったのだ。その証拠に、先日と同じように、わざと、同じ時刻の午前二時にしている。ひょっとすると、彼女は、午前二時頃に、よく、あの店に行っているのではないかと思ったのだ。

期待して、ガラスドアを開けると、彼女の姿が、見えた。

先に来ていたのだ。今日は花模様の涼しげなコットンのワンピースで、化粧品のコーナーにいた。

彼女は、S化粧品のリンスのびんを手にして、レジのところへ歩いて行った。

（もう、帰ってしまうのか）

と、日下は、ちょっと、口惜《くや》しい感じで、彼女が、ワンピースの裾《すそ》をひるがえして、店を出て行くのを見送った。

日下は、ツナ缶二つと、バナナを手に持って、レジへ行くと、そこにいた若い店員に、

「今、出て行った若い女性だけど、この近くの人なの？」

と、きいてみた。

相手は、ツナ缶と、バナナのバーコードを、機械に、読み取らせながら、

「誰のことです？」

「今、リンスを買って行った若い女性だよ。花柄のワンピースを着てたじゃないか」

と、日下は、いった。

「知りませんね」

青年は、突っけんどんないい方をした。そのいい方に、日下は、いささか、むっとして、

「S化粧品のリンスを一つだけ買った女だよ。君と、話してたじゃないか」

「そんな女のお客さんは、知りませんよ。何かの間違いじゃありませんか」

相手は、眉《まゆ》をひそめて、いった。

2

出勤して、そのことを、亀井刑事に話すと、亀井は、笑って、

「そりゃあ、その店員が、彼女に惚《ほ》れてるのさ」

「そうですかね」

「他に考えようがあるかい？　女だって、きっと、その店員に会いに来たんだよ。夜中に、若い女が、リンス一つだけ買いに、行くかい？　リンス一つなんて、男に会うためのいいわけみたいなもんだよ」

「しかし、彼女は、店員と、二言、三言しか話しませんでしたよ」

「そりゃあ、君がいたからだろう。店員と、彼女は、夜中のデートを楽しんでいた。そこへ、不粋《ぶすい》な若い刑事が、買物に来たというわけだよ。デートを邪魔された男は、どうしたって、邪魔をした若い刑事に、冷たく当たるよ」

「そんなもんですかね」

「そんなもんさ」

と、亀井は、いってから、

「彼女は、よほど、美人らしいな」

「魅力的な女性ですよ」

「まさか、惚れたんじゃないだろうね？」

「二度、会っただけですよ。それも、話したわけでもありません。名前も、住所も、知らないんです。惚れるとか、惚れないとか、そんな気持ちは、持っていませんよ」

「しかし、彼女のことを、教えてくれないといって、コンビニの店員に、君は、腹を立てているじゃないか」

「それは、店員の態度が、無礼だったからですよ。他には、何もありませんよ」

と、日下は、弁明するように、いった。

亀井は、小さく、手を振って、

「別に、君を非難してるんじゃないさ、君は、若いんだ。コンビニで、たまたま出会った女が好きになっても、当然だ。ただ、妙な三角関係になって、警察の威信を傷つけるような真似《まね》だけは、しないでくれよ」

「わかっています」

と、日下は、亀井に向かって、うなずいて見せた。

コンビニの女に、関心はある。とにかく、爽《さわ》やかな美人だ。

だが、亀井がいうような、惚れたというところまでは、いっていない。ただ、彼女のことを、いろいろと、知りたいだけなのだ。日下は、自分に、そういいきかせた。

その日、自宅マンションに帰ってからも、日下は、彼女のことや、店員の青年のこと、それに、亀井の言葉などが、気になって、布団にもぐり込んでからも、なかなか、眠れなかった。

午前二時近くになると、我慢しきれず、マンションを出ると、コンビニの様子を窺《うかが》った。前面ガラス張りの構造だから、離れた場所からでも、店の中は、よく見える。

彼女は、いなかった。日下は、三時近くまで、じっと、見ていたが、若い男が、何人か入って行っただけで、とうとう、彼女は、現われない。

翌日も、日下は、午前二時近くから、一時間、コンビニの様子を、窺った。彼女を、どうかしたいというよりも、ただ、彼女がどんな女か知りたいという意地みたいなものだった。

自然に、寝不足になり、同僚の西本刑事から、

「どうしたんだ？　眼が朱《あか》いぞ」

と、いわれたが、幸い、これといった事件も起きず、それが、仕事に差しつかえるという事態には、ならなかった。

六月八日の未明も、日下は、午前一時四十分頃から、マンションの外の、物かげから、コンビニを窺った。

梅雨《つゆ》は、すでに始まっていて、雨は降っていないが、妙にべとべとした日だった。

店の中には、若いアベックがいて、インスタント食品のコーナーで、何か喋《しゃべ》っている。

午前二時過ぎに、彼女が、現われた。

今日は、ピンクのワンピースを着ている。うっとうしい天気の中で、そのピンクが、いやに鮮やかに見える。

彼女は、ガラスドアを押して中に入ると、まっすぐに、週刊誌の棚に歩いて行った。週刊誌を一冊、手に取って、見ている。

（また、週刊Kだろうか？）

と、日下は、思ったりしたが、彼女が、入口に背を向けているので、どんな週刊誌を、見ているのか、わからなかった。

若いアベックのほうは、まだ、インスタント食品のコーナーで、お喋りをしている。というより、いちゃついているといったほうが、いいだろう。

週刊誌を見ていた女は、それを、棚に戻すと、何も買わずに、さっさと、コンビニを出て来た。

日下は、店に入って、彼女が何を見ていたのか調べてみようか、それとも、彼女をつけてみようかと、一瞬、迷ってから、後者を選んだ。

彼女は、日下の住んでいるマンションの横を通り抜け、都立病院のほうへ、歩いていく。

このあたりは、ぽつん、ぽつんと、八百屋があったり、雑貨店があったりするのだが、もちろん、とうに閉まっている。

若い女のひとり歩きには、ちょっと怖い通りなのだが、彼女は、別に、周囲を見まわす気配もなく、さっさと、歩いて行く。

（この先に、最近、新しいマンションができたから、そこの住人だろうか？）

と、つけながら、日下は、考えたりした。

（身長は、一六三センチくらいかな？　ヒップは――）

と、若い男らしいことも考えている中に、自然に、背後への警戒は、消えてしまい、前を歩く女にだけ、注意を払うようになっていた。

彼女が、ふと、立ち止まり、日下も、足をとめた瞬間、背後から、一撃された。

気を失い、倒れた。

意識を取り戻した時は、いぜんとして、歩道の上に、倒れていた。

後頭部の痛みに、顔をしかめながら、日下は、立ち上がった。時刻を知ろうとして、腕時計を見たが、毀《こわ》れたらしく、秒針が、動いていない。

（畜生！）

と、声を出さずに、いい、自宅マンションに戻ると、タオルを水につけて、後頭部を冷やした。

（殴ったのは、あいつに違いない）

と、思った。

コンビニで、店番をしている青年である。あの店が、どういう人員配置になっているのかわからないが、今日も、いつかと同じ、背のひょろりと高い青年が、店番をしていた。あいつが、日下が、女を追いかけるのを見て、店を放り出して来て、背後から、殴ったのだろう。

（嫉妬《しっと》か）

それにしても、ひどいことを、しやがると、無性に腹が立ってきた。

朝になって、まだ、頭の痛さは、残っていたが、みっともないので、出勤してから、殴られたことは、誰にも、話さなかった。

帰りに、コンビニをのぞいてみたが、店番をしているのは、若い女だった。夜勤をした青年は、朝、交代したらしい。

日下は、自分が、殴られた場所にも、行ってみた。その先に、新しい七階建のマンションがある。

そこまで歩いて行き、日下は、管理人に、彼女の顔立ちや、背恰好《せかっこう》、それに、服装を話してみた。

小柄な管理人は、きき終わってから、

「それは、小山《こやま》さんかもしれないなあ」

「何をしている人なの？」

「よくわかりませんねえ。最近の若い女の人は、ＯＬか、ホステスか、区別がつかないから」

「何号室？」

「七階の７０２号室だけど、いませんよ」

と、管理人は、いう。

「帰りは、いつも、おそいの？」

「そうじゃなくて、旅行に出てらっしゃるんですよ」

「旅行に？」

「ええ。さっき、七階にあがってみたら、702号室に、貼紙《はりがみ》がしてあったから」

と、いう。

日下は、七階に行ってみた。

なるほど、ドアに、貼紙がしてあって、

〈四、五日、旅行に行って来ます。新聞、牛乳は、入れないでください。小山〉

と、サインペンで、書いてあった。

日下は、一階の管理人室に引き返して、

「彼女、何処《どこ》行ったか、わからないかな？」

「さあ。出かける前に、会ってませんから」

と、管理人は、いった。

「彼女は、よく旅行に出かけるの？」

「そんなこともないと思いますがね」

「彼女の郷里は、何処なんだろう？」

と、日下は、きいてみた。

「さあ」

と、管理人は、考えてから、

「今年の正月に、小山さんから、カニをもらいましたよ。故郷《くに》から、送って来たんだといって」

「カニを？　じゃあ、北のほうなんだな」

「山陰といってましたね。温泉で有名だって」

「山陰の温泉といっても、沢山あるからな。城崎《きのさき》、皆生《かいけ》、玉造《たまつくり》――」

と、日下が、知っている温泉の名前をあげていくと、管理人は、ニッコリして、

「その城崎ですよ」

と、いった。

（そうか、彼女の郷里は、山陰の城崎か）

と、思ったが、それがわかったからといって、別に、どうなるものでもない。

彼女のフルネームは、小山ゆかりと、管理人に教えられた。

わかったのは、それだけだった。

3

六月十一日になった。

朝から、雨だった。出勤してすぐ、殺人事件が発生して、日下は、十津川警部たちと、現場である京王多摩川《けいおうたまがわ》の河原に、急行した。

雑草の茂った河原に、若い男が、俯《うつぶ》せに死んでいた。

川の向こうは、神奈川県である。

死体が、引っくり返され、顔が見えた時、日下は、あッと、思った。

コンビニの青年だったからである。

「後頭部を、鈍器で、数回殴られているね」

と、検視官が、十津川に、話している。

日下は、じっと、青年の顔を見ていた。

「どうしたんだ？　顔見知りか？」

と、亀井が、きいた。

「この間話したコンビニの青年なんですよ」

「君と、三角関係のか？」

「そこまでいっていませんよ。名前も知りませんから」

「名前は、立花弘《たちばなひろし》だ」

と、運転免許証を見ながら、十津川が、いった。

「住所は、何処ですか？」

「武蔵野市の境になっているね」

「私の近くです」

「それじゃあ、君と、カメさんに、行ってもらおう」

と、十津川が、青年の運転免許証と、ブルゾンのポケットにあったキーホルダーを、渡した。

日下は、それを持って、亀井と、パトカーで、武蔵境に向かった。

「いつか話した女のことですが」

と、日下は、車の中で、亀井に、尾行して、殴られ、気絶したことを、話した。

「みっともないんで、黙っていたんですが」

「それは、あまり、外部には、話さないほうがいいな。君は、コンビニの青年が、殴ったと、思っているんだろう？」

「そうです」

「それなら、今度は、君が、やり返したと思われる。若い警官、腹立ちまぎれに、殴り殺す。新聞に、そんな風に書かれたら、困るからな」

と、亀井が、いった。

「私は、そんなことは、しませんよ」

「ムキになりなさんな。そんなことは、わかってるよ」

と、亀井は、笑った。

武蔵境に着き、探すと、立花が住んでいたマンションは、すぐ見つかった。

中古マンションの1Kの部屋だった。

持って来たキーで、ドアを開けて、二人は、中に入った。

狭い部屋だが、それでも、ベッドがあり、テレビ、ビデオなどが、ちゃんと揃《そろ》っているのは、いかにも、現代の青年の部屋の感じだった。

「どうやら、N大の学生だったみたいだな」

と、亀井は、机の上に積んである本を見ながら、いった。

机の上には、カメラも置かれ、それで撮ったらしい風景写真が、パネルになって、壁にかかっていた。

海の写真だった。

小さい島に、何か、神社みたいなものが見える。よく見ると、島へ行く遊覧船なのかもしれない。

場所が何処か、わからなかった。夏に撮ったらしく、明るい海である。

の近くに、白い船が走っている。漁船や、ヨットではないから、島へ行く遊覧船なのかもしれない。


机の引出しには、預金通帳と、印鑑が入っていた。通帳の預金残高は、二百三十五万円だった。それが、多いかどうかは、わからない。毎月末に三十万円ずつの入金が記録されているが、これは、親の仕送りだろうか。

小山ゆかりの写真は、見つからなかった。しかし、だからといって、二人の間に、関係がないとは、いい切れないと、日下は、思った。

午前二時頃に、決まって、コンビニに行く女と、そこの店員の立花。二人とも、若いのだから、親しくなっていて、当然なのだ。

それと、日下は、今でも、小山ゆかりを尾行した自分を襲ったのは、立花に違いないと、思っている。

ただ、そうだとすると、立花が殺された理由が、わからなくなってくる。

「明日、N大に行って、立花弘のことを、訊《き》いてみようじゃないか」

と、亀井が、いった。

翌日、二人は、新宿にあるN大のキャンパスに出かけた。

立花は、N大の四年生で、バスケット部に入っていた。N大が、バスケットで優勝したという話をきいたことがないから、たぶん、弱いのだろう。

日下と、亀井は、同じバスケット部の四年生何人かに、立花について、訊いてみた。

彼等は、一様に、立花が殺されたことに、驚きを示していたが、これは、友人として、当然だろう。

日下と亀井が、友人たちの証言によって、知ったことが、いくつかあった。その第一は、立花の両親が、すでに、死亡しているということだった。

きょうだいも、いない。金持ちの親戚《しんせき》がいるという話もきいたことがないと、彼等は、いった。

すると、毎月末に、三十万ずつ振り込まれているのは、どういうことなのだろうか？

日下が、そのことをいうと、友人たちは、顔を見合わせていたが、

「それは、立花が、必死になって、学費かせぎのアルバイトをしているからだと思うな」

と、一人がいい、他の者が、うなずく。

「そのアルバイトというのは、コンビニのことですか？」

と、日下は、訊いた。

「彼は、大学に入ってすぐ、両親を亡くしたんで、苦労しているんです。三年の時、落第していますが、あの時は、学費が、どうしても、払えなかったからで、最近は、近くにできたコンビニの夜勤を引き受けているので、何とか、やっていけると、喜んでいたんですよ」

「しかし、コンビニの店番くらいで、月三十万もの収入があるんだろうか？」

と、亀井が、いった。

「彼、店長をしてるんじゃないの？　店長なら、三十万もらっても、おかしくないんじゃないか」

「いや、店長じゃないと思うね。アルバイトを、店長にはしないだろう」

「僕も、店長とは、きいてないな」

友人たちは、勝手に、喋り始めた。

日下は、立花が、あのコンビニの店長をしていたとは、思えなかった。アルバイトで、夜勤、それも、毎日というわけにはいかないだろう。そんな学生を、店長にするほど、甘くはないに違いない。時給千円で、一日おきに働いたと考えても、せいぜい、十二、三万円だろう。月三十万というのは、多過ぎるのだ。

「コンビニで働く以外に、何かやっていなかったかな?」

と、日下は、立花の友人たちに訊いた。

「彼は、何でもやるって、いってたけど、体力的にそんなにできるもんじゃないし、授業にも、ちゃんと出席してたからなあ。そんなに、いろいろできなかったと思うよ」

「やはり、苦しかったんじゃないの?」

「いや、彼、中古のポルシェを買いたいって、いってたよ。中古でも、ポルシェなら、どうみたって、二百万近いんじゃないか」

「僕も、きいたよ。なんでも、コンビニで働くようになってから知り合った彼女を、ポルシェに乗せたいんだってさ」

また、友人たちは、勝手に、喋り始めた。

日下は、それを、手で制して、

「その彼女だけど、名前は、小山ゆかりといわなかったかね?」

と、彼等に、訊いた。

「名前は知らないね。だが、タレントのM子に似ているんだといっていたよ。特に横顔がね」

と、一人が、いった。

「どうなんだ？」

と、亀井が、日下を見た。

「そういえば、似てますね。ずっと、彼女が、誰かに似てるなとは、思っていたんです。そうなんだ、M子に似ていたんだ」

と、日下は、大きな声を出してから、立花の友人たちに、

「最近は、彼女のことを、立花は、どういっていたんだ？　旅行に行ったとか、結婚する気だとか、いっていなかったかね？」

「そういえば、最近、彼女のことを、全く話さなかったな」

「おれなんか、彼女と、その後どうなったんだって、きいたら、立花に睨《にら》まれた」

「僕は、彼女とは、別れたんだと思っていたよ」

と、友人たちは、いった。

そんな答えに、日下と、亀井は、顔を見合わせた。

「君の感想はどうなんだ？」

と、亀井が、日下に、きいた。

「そうですねえ。立花が、店員をしている時、彼女は、三度、あの店に来ていますが、私の見る限り、妙に、よそよそしかったですね」

と、日下が、答えると、亀井は、彼を、学校の外に、連れ出した。

「妙に――というのは、どういう意味なんだ？」

「別に意味はありませんよ。全くの赤の他人だって、二人とも若いんですからね。買物をし、代金を払う時、何か一言、二言、話すもんじゃありませんか。それが、あまり話さなかったんです。彼女が、リンスを買った時です」

「なるほどね」

「二人が、親しかったのなら、なおさら、おかしいと、思いますよ」

「だから、妙に――か？」

「ええ。二人が、大喧嘩《おおげんか》をして、憎しみ合うようになってしまったのかもしれません」

「ああ、そうだな」

「しかし、それは、ない気がします」

と、日下は、いった。

「なぜだい？」

「喧嘩別れしたのなら、なぜ、彼女が、立花のいるコンビニに、三回も、やって来たのかが、不思議です。確かに、あのあたりに、他にコンビニはありませんが、わざわざ、嫌いになった男のいる店に、行くことはないでしょう。彼女の職業は、わかりませんが、もし、ＯＬなら、会社の帰りに、デパートにでも寄って、買物をして家に帰ればいいわけですから」

と、日下は、いった。

「一理あるね。それで、妙に――か」

「そうです」

「つまり、二人が、よそよそしく見えたのは、二人が、芝居をしていると、君は、思っているのかね？」

と、亀井が、きいた。

「そう思ったんですが」

「違うのか？」

「芝居だとすると、なぜ、そんな芝居をする必要があったのかが、わからないのです。私と彼女と、立花の三人だけが、店にいた時があります。二人が芝居をしたとすれば、私に対してということになりますが、なぜ、私の前で、芝居をする必要が、あったのか、わかりません。私は、別に、二人のことを調べていたわけじゃないし、三角関係だったわけでもありませんから」

「確かに、そうだな」

「だから、文字通り、二人の様子は、妙だったことになります」

と、日下は、いった。

4

調布《ちようふ》警察署に、捜査本部が、置かれた。

当面の捜査方針は、次のように、決められた。

旅行に出かけたという小山ゆかりの行方は？

殺された立花と、小山ゆかりの関係は、本当は、どうだったのか？

立花の預金に、毎月末三十万円が入金されているが、この金は、いったい、何だったのだろうか？

日下は、小山ゆかりを尾行していて、殴られ、意識を失っているが、この事件は、立花の死と、どこかで、結びついているのだろうか？

この四つの疑問の答えを見つけ出せれば、自然に、今度の事件は解決するだろう。それが、十津川の決めた捜査方針だった。

ただ、日下には、この他に、もう一つ、気になることがあった。

立花のマンションの壁にあった写真である。彼の部屋に、小山ゆかりの写真か、彼女からのラブレターでもあれば、二人の関係が、はっきりすると思ったのだが、そうしたものは、見つからなかった。

唯一、あったのが、あの風景写真である。日下にも、それが、事件に関係があるという確信はないのだが、なぜか気になって、捜査本部に、持って来てしまった。

日下は、その写真を、自分の机の上に置き、捜査の合間に、見つめた。

拡大鏡を使って、見てみると、海上の島の上の建物は、神社というより、何か、中国風の門のように見える。

(子供の絵本なんかに描いてある竜宮城に似ている)

と、日下は、思った。

沖《おき》の島《しま》に、竜宮城を造り、そこまで、遊覧船を走らせる。それを、観光にしている場所らしい。

面白いが、同時に、ひどく俗っぽい発想と思える。

この景色に、なぜ、立花が興味を持ったのだろうか？　彼の友人たちの話では、まじめな性格で、文学青年でもあったという。そんな青年が、写真の景色に関心を持ったとは、どうしても、思えなかった。

だが、現に、この景色を写真に撮り、それを大きく引き伸ばして、壁に飾っていたのだ。

（立花は、なぜ、この景色が、好きだったのだろうか？）

日下は、旅行好きの刑事たちに、写真を見せ、何処かわからないかと、きいてみた。が、知っている者は、いなかった。と、いうことは、沖の島の上に建てられた竜宮城のようなものは、最近になって、造られたものなのかもしれない。

立花の死体の解剖の結果、死因と、死亡推定時刻がわかった。

立花は、背後から、四回にわたって、後頭部を鈍器で殴られており、頭蓋骨《ずがいこつ》陥没による死亡ということだった。死亡推定時刻は、六月十日の午後十時から十一時までである。たぶん、立花は、京王多摩川の河原に呼び出されて、殺されたのだろう。それとも、別の場所で殺されて、河原へ運ばれたのか。

その他の捜査は、なかなか、進展しなかった。コンビニの会社に問い合わせた結果、やはり、三十万円の振り込みは、コンビニの給料ではなかった。が、何処の誰が、振り込んでいるのかは、不明のままである。

小山ゆかりの行方も、依然として、不明のままだった。自宅マンションに帰っていないし、消息も、つかめない。

そんな時、急に、十津川に呼ばれて、

「これから一緒に、城崎へ行ってくれ」

と、いわれた。

「小山ゆかりの件ですね」

「そうだ。彼女が、城崎に行ったという証拠はないが、といって、他に、行きそうな場所がないのでね」

と、十津川は、いった。

「すぐ、切符の手配をします」

と、日下は、いった。

午後八時を過ぎているので、城崎へは、寝台特急「出雲《いずも》3号」で、行くことになった。

東京発二一時二〇分の出雲3号に、二人は、乗った。まだ明るい中に出発する寝台特急もあるが、やはり、暗くなってから、赤いテールランプを見せて出発する列車のほうが、いかにも、夜行列車の感じがする。

日下は、車窓に流れる夜の東京の街を眺めながら、

（ひょっとして、小山ゆかりも、同じ列車に乗ったのではないだろうか？）

と、思ったりした。

日下の友人で、ひとりで考えごとをしたい時には、何処行きでもいいから、夜行列車に、乗るという男がいる。車窓にもたれて、流れる夜景を見つめていると、自分の人生を、振り返っているような気がするのだと、いっていた。それに、感傷的になれるのもいいらしい。

小山ゆかりの場合、城崎は、故郷である。故郷へ向かう夜行列車に乗ることには、より深い意味が出てくるだろう。

「少し、寝ておけよ」

と、十津川が、いった。

静岡を過ぎたあたりで、日下も、自分の寝台に、もぐり込んだ。

眼を閉じたが、すぐには、寝られず、コンビニで出会った小山ゆかりのことや、店員をしている立花の姿が、ちらついて、離れなかった。

いつもの殺人事件の捜査では、こんなことはほとんどなかった。被害者も、犯人も、自分の日常には、関係がないことが、多かったからである。今度の事件で、殺された立花も、行方不明の小山ゆかりも、彼の日常生活の中にいた。特に、ゆかりに対して、日下は、ある感情を持っている。若い日下は、どうしても、冷静に、彼女のことを、考えられない。

何とか、寝られたのは、名古屋あたりからだった。午前一時を、過ぎていた。

そのくせ、福知山《ふくちやま》あたりで、もう、眼が、さめてしまった。

まだ、午前六時前なのに、廊下に出て、車窓に眼をやると、すでに、朝の光が、降り注《そそ》いでいた。

洗面所で、顔を洗って戻って来ると、十津川も、起き出している。あと、四十分ほどで、城崎である。

午前六時三一分。城崎着。

城崎温泉が有名なので、もっと、大きな駅を想像していたのだが、着いてみると、意外に、小さかった。よくある温泉郷の駅の感じで、外へ出ると、小さな商店街があった。

「朝食をとりながら、聞き込みをやろうじゃないか」

と、十津川が、いい、二人は、開いている駅前の食堂に入った。

客は一人もいなかった。お婆さんが、ひとりで店番をしていた。二人は、朝の定食を注文してから、十津川が、小山ゆかりの名前をいい、似顔絵を見せて、知らないかと、訊いてみた。

店番のお婆さんは、興味のない顔で、黙って、首を横に振った。

(愛想のない婆さんだ)

と、日下は、思い、狭い店の中を見まわした。黄色く変色した観光ポスターが、貼ってあったり、昔風の日めくりカレンダーが、下がっていたりする。

日下の眼が、急に、とまって、壁に貼られた新しいポスターを、見すえた。

〈日和山《ひよりやま》へようこそ〉

海岸の写真に、その活字が、躍《おど》っている。

明るい海岸だった。沖に小さな島が見え、その島には、立花の撮った写真と同じ竜宮城が、造られているのだ。

そのポスターによれば、JR城崎駅から、問題の日和山まで、バスが出ているらしい。

「これを見てください」

と、日下は、小声で、十津川に、いった。

十津川も、ポスターを見て、うなずき、

「すぐ行ってみよう」

と、いった。

まだ、バスが出ていないので、タクシーを拾った。

タクシーは、円山川《まるやまがわ》の川岸に広がる城崎の温泉街を抜け、日本海に注ぐ、円山川の河口に向かって、走る。

川幅が、急速に広くなり、ところどころにモーターボートが、つないである。七、八分も走ると、日本海が、見えてきた。

前方に、レストランの建物と、駐車場が見えてきた。日和山のバス停も、見えた。

十津川と、日下は、タクシーを降りた。

海岸に沿って、レストランと、土産物店が並び、近くでは、沖の島へ行く遊覧船の切符を売っていた。

晴れた日なので、問題の島は、はっきりと見えた。島に造られた竜宮城は、ポスターや、立花の写真で見たよりも、一層、華やかで、それだけ、俗っぽい感じだった。

島へ行く白い遊覧船は、こちら側の岸に、つながれている。

「立花は、ここが、小山ゆかりの郷里だと知って、写真に撮ったんだと思います」

と、日下は、島に眼をやりながら、いった。

「立花は、彼女と、ここへ来たことがあるんだと思うよ」

と、十津川は、いった。

「しかし、それなら、なぜ、立花の部屋に、ここで撮った彼女の写真が、なかったんでしょうか？」

「そうだな。二人で、ここへ来たのなら、立花が、彼女を撮らなかったはずはないね」

「そうですよ。喧嘩別れして、彼女の写真を焼き捨てたのなら、ここの風景を撮った写真だって、焼いてしまっているはずです」

と、日下は、いった。

「しかし、彼女を撮った写真は、一枚もなかった？」

「ええ。一枚もありませんでした」

「だが、二人は、喧嘩したわけではない」

「そう思います」

「立花を殺した犯人が、われわれより先に、彼のマンションに行き、小山ゆかりの写真を、一枚残らず、盗み出したということも考えられるがね」

「私も、今、同じことを考えていたんですが――」

「壁に貼ってあったここの風景写真は、大き過ぎて、かえって、犯人の眼に入らなかったか、風景だけだから、残しておいても、構わないと、犯人が、思ったのか」

十津川が、疑問の顔でいったのは、自分の推理に、自信がなかったからだった。

「そのへんのことは、私にも、よくわかりませんが、小山ゆかりの故郷は、城崎でも、この日和山海岸ではないかと思います」

　と、日下が、いった。

　十津川は、微笑して、日下を見、

「なぜ、そう思うんだね？」

「立花が、小山ゆかりを愛していたとしての話ですが、ここの風景は、子供は、喜ぶでしょうが、普通の大人が、わざわざ、写真に撮るようなものじゃありません。型にはまったレジャーランドみたいなものですから。それなのに、立花は、パネルにして、飾っておいた。それは、この風景が、彼にとって、意味があったからに違いありません。立花の故郷ではないのですから、小山ゆかりの故郷だからだと、思いますね」

「同感だ」

　と、十津川は、うなずいた。

　日下の推理を確かめるために、二人は、海岸のレストランや、土産物店で、聞き込みをやることにした。

　彼女の似顔絵を使っての聞き込みだったが、その答えは、意外にあっさりと、出た。

　レストランのマスターが、

「彼女なら、知ってますよ」

と、答えたからだった。

5

そのマスターの話では、こうだった。

小山ゆかりの両親は、この日和山海岸で、旅館をやっていた。ゆかりが、高校を卒業した時に、両親は、離婚した。

母親は、ゆかりを引き取り、旅館をもらった。そのあと、彼女は、女手一つで、ゆかりを、東京の大学に行かせたのだが、ゆかりが、大学二年の時、旅館が潰《つぶ》れ、母親は、それを悲観して、病気になり、亡くなった。

「今、その旅館のあとに、マンションが建っていますよ。分譲マンションですが、半分くらいしか、売れてませんね」

と、レストランのマスターは、いった。

「その後、娘のゆかりさんが、どうしたか、知りませんか?」

と、日下は、訊いた。

「母親の葬式に、ゆかりさんが来たのは、覚えていますよ。そのあと、また、東京へ戻ってしまったみたいですねえ。母親も、もういないし、旅館も、なくなってしまったんだから、ここには、もう、居場所がなかったんじゃありませんかね」

と、マスターは、いった。

「東京で、彼女が、何をしているかは、わかりませんか？」

と、十津川が、訊いた。

五十歳ぐらいのマスターは、小さく、肩をすくめて、

「私は、それほど、あの母娘と、親しかったわけじゃありませんからねえ」

「ゆかりさんには、きょうだいは、いなかったんですか？」

と、日下が、訊いた。

「確か、ひとりっ子だったはずですよ」

「別れた父親は、今、何処にいるか、わかりますか？」

これは、十津川が、訊いた。

「今、城崎にいないことは、確かです。東京へ行ったという噂《うわさ》もあるし、大阪で見たという話もききましたが、はっきりしませんね」

「最近、ゆかりさんが、ここへ、恋人と一緒に来たと思われるんですが、見ていませんか？」

と、日下が、訊いた。

「きいてみましょうか」

と、マスターは、いい、レストランの従業員たちに、きいてみてくれた。

ウェイトレスの一人が、日下と、十津川のところにやって来て、

「今年の三月の十五日頃だと思いますけど、ゆかりちゃんが、ここへ来たのを、覚えてます」

と、いった。

「君は、彼女のことを、よく知ってるの？」

と、日下は、訊いた。

「ええ。高校は、一緒だったから」

「三月に来た時、彼女は、ひとりだったの？」

「いいえ。若い男の人と一緒でした。一緒に、ここに来て、食事をしたんです」

「その男というのは、この人じゃなかったかな？」

日下は、立花の写真を見せた。

「よくわかりません。ゆかりちゃんと、久しぶりに会ったんで、彼女とばかり、話をしていたんです。すいません」

「君が、謝ることはないよ。彼女とは、その時、どんな話をしたのかな？」

と、日下は、訊いた。

「東京で、何をしてるのかとか、もう、ここへ帰って来る気はないのかと、私は、ききました」

「それで、彼女の答えは？」

「ＯＬをやってるといってました。どういう会社かは、教えてくれませんでしたけど」

「その他に、彼女が、話したことは？」

「今もいったように、男の人が一緒だったので、私が、恋人なのって、きいてみました」

「そうだと、いった？」

「ただ、笑ってました。だから、私は、ああ、恋人なんだと、勝手に、考えていました」

「六月になってから、彼女が、ここへ遊びに来たらしいんだが、知らないかな？」

と、日下は、訊いた。

「さあ、私は、会ってませんけど」

「三月に、彼女が来た時は、何処へ泊まったんだろうか？　それを知りませんか？」

と、日下は、ウエイトレスに、訊いた。

「城崎温泉の旅館に泊まったみたいです。何という旅館かは、知りませんけど」

と、相手は、いう。

もし、それが、本当なら、今度、ゆかりが、城崎へ来ていれば、同じように、温泉に、泊まった可能性が、強い。

城崎の旅館は約百二十軒、日和山には、約十軒と、いわれている。

それを、二人だけで、一軒ずつ調べていくのでは、時間が、かかってしまうだろう。

十津川は、地元の警察に、協力してもらうことにした。

城崎警察署に行き、署長に、事情を話して、協力を、要請した。

立花の写真と、小山ゆかりの似顔絵が、コピーされ、署員が、それを持って、旅館をまわってくれることになった。

結果は、意外に簡単に出た。六月八日から九日にかけて、Rという円山川沿いの旅館に、小山ゆかりと思われる女が、ひとりで、泊まっていたことが、わかった。

十津川と、日下は、そのR旅館に、足を運んだ。

JR城崎駅から、五、六分も歩くと、そこが、もう城崎温泉である。

円山川沿いに、小さな旅館が並んでいる。古い城崎温泉郷で、新しい大きなホテルなどは、そこから少し離れた場所に建っている。

R旅館は、古い温泉街にあった。

二階建の木造の旅館だった。二人は、おかみさんに会って、話をきいた。

「確かに、この女の人でしたよ。でも、名前は、立川《たちかわ》ひろみと、おっしゃってましたけど」

と、おかみさんは、いい、宿帳を見せてくれた。確かに、そこには、立川ひろみと書かれ、住所は、東京の世田谷になっていた。

「彼女は、ここに、八日の何時頃、来たんですか？」

と、日下は、おかみさんに、訊いた。

「お着きになったのは、夕方でしたよ。ひどく疲れてらっしゃるみたいでしたね」

「予約してあったんですか？」

「いいえ。駅の案内所から電話があって、女一人だが、部屋は、あいてるかときかれましてね。丁度、あいていたので、お泊めしたんですよ」

「そして、翌九日に、出発したんですね？」

「ええ」

「何時頃に？」

「午後九時頃でしたよ」

「そんなに遅くですか？」

「八日に来た時から、九日の午後九時に、出発すると、いっていたんですか？」

「いいえ。九日にご出発ということでしたけど、時間は、いっていらっしゃいませんでしたわ。誰かを、お待ちになっていらっしゃるようで、午後九時まで待っても、その方が、とうとう見えないので、仕方なく、ご出発になったみたいでしたねえ」

「誰を待っていたのか、わかりますか？」

と、日下が、訊くと、おかみさんは、

「そこまでは、わかりませんわ。何も、おっしゃりませんでしたから」

「しかし、誰かを待っていたことは、わかった？」

「ええ。それは、様子でわかりますわ」

「彼女は、ここに着いてから、何処かへ、電話を掛けていましたか？」

「いいえ」

「では、電話が、掛かって来たことは？」

「それも、ありませんでしたわ」

と、おかみさんは、いった。

「午後九時というのは、なぜ、その時間だったんでしょうか？」

「ええ」

と、十津川が、訊いた。

「それは、東京行の列車に、まだ、間に合うからじゃありません？　壁に貼った時刻表を見ていらっしゃいましたから」

と、おかみさんは、いった。

旅館の壁には、城崎発の列車の時刻表が、貼ってある。

東京行の寝台特急「出雲4号」の城崎発は、二一時三九分と、なっていた。

確かに、この旅館を、午後九時に出れば、出雲4号に、間に合うのだ。

（小山ゆかりは、東京に戻ったのだろうか？）

と、日下は、その時刻表の数字を見ながら、思った。

6

ゆかりが、九日の出雲4号で、東京に帰ったとすれば、十日の午前六時五六分には、着いていたはずである。

そして、同じ十日の午後十時から十一時の間に、立花が、京王多摩川の河原で、殺されている。

十日に、二人は、会ったのだろうか？　いや、もっと、突きつめていくと、立花を、河原へ呼び出したのは小山ゆかりだったのではないのかという疑問が、わいてくる。

もし、彼女が、立花を殺したのだとすれば、そのあと、彼女は、何処に逃げ、何処に隠れているのだろうか？

帳場の電話が鳴り、おかみさんが、それを取って、小声で話していたが、受話器を手にしたまま、十津川と日下を見て、

「日和山海岸で、若い女の人の死体が、浮かんだそうですよ」

と、いった。

一瞬、日下の背筋を、冷たいものが、走り抜けた。

（小山ゆかりに違いない！）

と、直感したからだった。

おかみさんが、行ってみるというので、二人は、彼女の運転する軽四輪に、同乗させてもらった。

日和山海岸に着く。

そこの景色が、さっきとは、一変してしまったように見えた。

二台のパトカーが、とまっていた。崖下の、遊覧船の発着する桟橋の上に、海水に濡《ぬ》れ

た女の死体が、仰向《あおむ》けに横たえられているのが見えた。

それを囲んでいる刑事たちも、崖の上で見守っている観光客も、一様に、押し黙っているように見えた。

日下と、十津川は、その重苦しい空気の中を、栈橋へ降りて行った。さっき、城崎署で挨拶した中林《なかばやし》という刑事が、二人を見て、

「お探しの女性ですか?」

と、きいた。

(どうだ?)

という顔で、十津川が、日下を見る。

「彼女です。小山ゆかりです」

と、日下は、いった。海水に浸《つか》っていた時間が、短かったのか、顔形が、崩れていない。そのことが、かえって、日下の胸を痛くさせる。

「死因は、何ですか? 溺死《できし》ですか?」

と、十津川が、中林刑事に、きいた。

「今のところ、はっきりしません。外傷がありますが、これは、崖の上から落ちた時に、ついたものかもしれません。竜宮城へ行く遊覧船が、発見したんですが、船が当たった時

につい た傷かもわかりません」

と、中林は、いう。

もちろん、正確な死因は、死体を解剖しなければ、わからないだろう。

だが、日下は、彼女が、自殺や、事故で死んだとは、思わなかった。立花が殺されたように、彼女も、殺されたに違いないと、思った。

日下は、彼女と言葉を交わしたことはない。ただ、あのコンビニの店の中で、じっと、見守っていただけである。それでも、日下は、彼女が、こんな女であって欲しいという願いがあった。自殺や、事故死では、日下の夢が、毀れてしまう。もし、彼女が、何かの犯罪に関係していたのなら、反省し、それから逃れようとして、殺されたと、日下は、考えたいのだ。もっと、想像を逞《たくま》しくすることが許されるなら、彼女は、警察に救いを求めようとしていて、殺されたと思いたい。もし、そうなら、犯人を見つけ出すことが、彼女に報《むく》いることになると、日下は、思う。それができるのは、刑事である自分だけなのだと も、日下は、思いたいのだ。

「大丈夫か?」

と、十津川が、きき、日下は、想像の世界から、現実に引き戻されて、あわてて、

「大丈夫です」

「とにかく、二人とも、死んでしまったな」

「そうです。殺人なら、犯人は、同じ人間だと思います。必ず、そいつを挙げてやります」

と、日下は、勢い込んでいった。

「あまり、気負いなさんなよ」

十津川は、心配そうに、いった。

7

司法解剖の結果を待つことにして、日下は、十津川と、城崎温泉の旅館に戻った。

結果が出たのは、翌日の昼過ぎである。

溺死ではなく、窒息死で、肺の中には、海水は、僅《わず》かしか入っていなかったという。また、喉《のど》に、鬱血《うっけつ》の痕《あと》があったということだから、扼殺《やくさつ》されてから、海に投げ込まれたに違いない。外傷があるのは、その時、岩礁にぶつかったのか。

死亡推定時刻は、十二日の午後九時から十時の間と、知らされた。

立花が、死体で発見された翌日の夜、彼女は、殺されたことになる。

(彼女は、殺される時、立花が死んだことを知っていたのだろうか?)

と、日下は、思った。

立花の死体は、十一日の朝、発見されているから、テレビの昼のニュースでは、報道されたし、夕刊にも、載った。

ゆかりが、十一日の寝台特急「出雲」で、城崎へ戻って来たとすれば、出雲1号でも、一八時四四分東京発だから、十分に、夕刊は見ているはずだった。

「もし、そうだとすると、彼女は、なぜ、この城崎に戻ったのだろう?」

と、十津川が、疑問を、投げた。

「ここが、彼女の故郷だからじゃありませんか。家も、両親も、もういませんが」

と、日下は、いった。

「彼女が、自殺なら、納得できるさ。もし、彼女が、立花を殺したのだとしたら、余計、うなずける。彼を殺し、自分も死のうとしたが、なかなか、死ねない。死に場所を探して、故郷へ戻って来たということだね。だが、彼女は、殺されたんだよ」

「そうです。立花を殺した犯人が、ここまで、彼女を追って来て、殺したんだと、思います」

と、日下は、いった。

「そうだとすると、彼女は、殺されるのを覚悟で、この城崎に戻って来たみたいじゃないか、戻ったその日の中《うち》に殺されたとなればね」

十津川は、難しい顔になっていた。

日下も、同感だった。たぶん、ゆかりは、覚悟して、城崎に戻ったに違いない。

そう覚悟するためには、何があったのだろうか？　そこが、問題だと、日下は、思う。

恋人が殺されて、絶望したのだろうか。それなら、殺される前に、自殺の道を選んだのではないか。

彼女は、殺される時、何を考えていたのだろうか？

日下は、何とか、その答えを見つけたくて、ひとりで、もう一度、日和山海岸に、出かけた。

日下が、海岸に着いた頃から、雨が降り始めた。梅雨特有の陰気な雨である。いや、陰気というのは、日下が、勝手に、そう感じただけなのかもしれない。

日下は、レストランの窓際のテーブルに腰を下ろして、コーヒーを注文し、雨に煙る日本海に、眼をやった。

例の竜宮城は、ぼんやりと、かすんで見えた。

（彼女は、十二日に戻って来て、この海を眺めたのだろうか？）

それとも、見る余裕もなく、殺されてしまったのだろうか。

コーヒーが運ばれて来た。運んで来たウエイトレスが、

「昨日の刑事さんですわね」

と、声をかけてきた。見あげると、昨日、ゆかりのことを話してくれたウエイトレスだった。

「昨日は、どうも」

と、日下がいうと、

「ゆかりちゃんのことで、刑事さんに話したいという人がいるんです」

「どういう人？」

「彼女のボーイフレンドです。と、いっても、高校時代のですけど。名前は、山田《やまだ》という男の子で、今は、城崎駅前で、そば屋をやっています」

「どんな話をしたいのか、きいていますか？」

「さっき、会ったんです。そしたら、この間、城崎でゆかりちゃんに会ったといってました。それなら、警察に話したほうがいいわっていったんです」

「それで、僕に、話したいと？」

「ええ」

「すぐ、会ってみよう」

と、日下は、いった。

コーヒーを、一口飲んだだけで、日下は、タクシーを拾い、城崎駅前に急いだ。

ウェイトレスの教えてくれたそば屋に入ると、若主人という感じの男がいたので、日下は、声をかけた。それが、山田だった。

「彼女、殺されたの？」

と、山田は、いきなり、日下に、きいた。

「ああ、殺されてから、海に捨てられたらしい。それで、何か話したいことがあるそうだが」

「そうなんだよ。おれは、十二日に、彼女に会ってるぞ」

山田は、声をひそめるようにして、いった。

「何処で？」

「彼女が、十二日の夕刻、ここへ来たんだよ。彼女、おれが、おやじのあとを継いで、そば屋をやってるのを知らなかったらしくて、びっくりしてたね」

「その時の彼女の様子は、どうだった？」

「やたらに、疲れてたなあ。東京に行ってるんで、きれいになってるとは思ってたんだ。

きれいだったけど、顔色が悪くて、疲れてましたよ」

「その時、どんな話をしたの？」

と、日下は、訊いた。

「おれが、久しぶりだねえって、声をかけたら、最初、おれのことが、わからなかったみたい。無理もないんだ。高校時代のおれは、相当なワルで、高二で、退学させられてたからね。そば屋の主人になってるなんて、信じられなかったんだと思うよ」

と、山田は、笑い、

「何しに帰って来たんだって、きいたら、お墓参りっていってたね。でも、そんな雰囲気じゃなかったな。おれは、昔、悪い仲間とつき合ってたからわかるんだけど、彼女、そんな仲間とつき合ってて、それに、疲れたって、顔だったよ。悪い仲間ってのは、面白い時には、やたらに面白いけど、まずくなると、疲れが、どっと出て来るものなんだ」

「彼女が、そういったのかね？」

「いや、彼女は、黙ってたが、おれが、勝手に考えたのさ。あれは、もう、どうなってもいいって気持ちになってたんじゃないかな。おれも、一時、そんな気になってた時があるからね」

「他に、どんな話を？」

「これから、どうするんだって、きいたよ。そしたら、わからないって、いった。自棄《やけ》になってるみたいじゃないかって、おれは、いったよ。そう見えたからね」

「そうしたら、彼女は？」

「そう見えるって、きくから、ああ、見えるよっていってやった。彼女は、笑ったよ。変な笑い方だったなあ。当たり前でしょう、みたいな笑い方なのさ。自分が嫌になってる感じだったよ。おれは、もう少ししたら、店を閉めるから、一緒に飲みに行こうじゃないかって、誘ったんだ。彼女は、それまで、JRの駅で待ってるっていったんで、おれは、七時に店を閉めて、駅へ行ってみた。でも、彼女は、いなかったよ」

「そのあと、彼女に会っていないのか？」

「ああ。おれは、気が変わって、東京へ帰っちまったんだろうと思ってたんだ。日和山海岸で、見つかったというんで、びっくりしたよ。そしたら、うちの郵便箱に、こんなものが、入ってたんだ」

　山田は、小さくたたんだ紙片を、日下に見せた。

　広げると、JR山陰本線の観光パンフレットで、その裏を利用して、ボールペンで、こんな言葉が、書かれていた。

〈ヒロちゃん。

一緒にお酒を飲みたいけど、ひょっとすると、駄目になるかもしれない。その時は、ごめんね。

東京でね、ちょっと悪い仲間に関係して、もうどうしようもなくなってる。ヒロちゃんなら、わかってくれると思ったけど、話すのが辛《つら》くてね。東京で知り合った彼も、死んじゃったし、今さら、連中からは抜けられないし、ヒロちゃんにいわれた通り、自分が嫌になってるの。たぶん、私は、自殺するか、殺されるかすると思うけど、その時は、花束を買って、日和山の海に投げてくれないかな。

ゆかり〉

「それ読んで、花束買って、日和山海岸へ行ったんだ。そしたら、あのレストランで、東京の刑事さんが、彼女のことを調べてるって、きいたもんだからね。それを、見せる気になったんだ。おれ、昔、彼女のことが好きでさ。殺されたんなら、仇《かたき》を取ってやりたいんだ」

と、山田は、いった。

8

日下が、旅館に戻ると、十津川が、

「君は、すぐ、東京に戻ってくれ」

「何かあったんですか？」

「捜査四課で、君に、例のコンビニエンスストアのことで、ききたいことがあるそうだ」

「どんなことですか？」

「それは、直接、君にいうといっている。捜査四課の原島《はらしま》という刑事だ」

「わかりました」

と、日下は、うなずき、山田から借りて来た小山ゆかりのメモを、十津川に渡してから、飛行機で、東京に戻ることにした。

鳥取まで、山陰本線で行き、一九時〇〇分の全日空《ぜんにつくう》に乗った。二〇時一〇分に羽田に着き、警視庁に戻ると、すぐ、捜査四課の原島刑事に会った。

原島は、がっしりした身体つきの中年の刑事である。日下にとっては、先輩なので、

「あのコンビニで、何かあったんですか？」

と、丁寧《ていねい》に、きいた。

「暴力団のS組が、最近、覚醒剤《クスリ》に手を出すようになった。担当しているのは、幹部の市《いち》原《はら》だといわれている」

「それが、コンビニと、どう関係があるんですか？」

「市原が考えたことは、日本中にあるコンビニを使って、覚醒剤を売り捌《さば》くことだ。と、いっても、S組の力は、東京の西部にしか及ばないから、そこにあるコンビニということになる」

「覚醒剤は、手近なコンビニでどうぞというわけですか？」

と、日下が、いうと、原島は、ニヤッと笑って、

「面白いキャッチ・コピーだな」

「それで、S組は、どんな方法を、使ったんですか？　S組が、コンビニを、経営しているわけじゃないでしょう？」

「もちろんだ。それに、その必要もないんだ。各支店の店番をしている人間を買収すればいいんだ。たいていは、アルバイトの学生が、店番をしているから、イロと欲で釣ればいい」

「イロと、欲ですか」

日下は、小山ゆかりの顔を、思い出した。が、それは、楽しいものではなかった。

「そうさ。若い美人と、金だよ。金だって、月に五十万もいらんだろう」

「三十万です」

「三十万？」

「ええ。あのコンビニで働いていて、殺された大学生が、毎月、給料以外に、得ていた収入です」

「なるほど、三十万か。払っていたのは、S組かな」

「それは、わかりません。架空の会社になっていました」

「そんなところだろうね」

「それで、どこまでわかっているんですか？　S組が、関係して、コンビニで、覚醒剤を売っているという確証は、つかめたんですか？」

と、日下が、きくと、原島は、小さく肩をすくめて、

「証拠がつかめていたら、今頃、S組の連中を逮捕しているさ。二、三度、何店かのコンビニを調べたんだが、店の何処からも、覚醒剤は、見つからなかった」

「向こうも、警戒しているんでしょう」

「当然だ。それに、コンビニの会社自体が、覚醒剤を売っているわけじゃないから、いき

なり、手入れをするわけにもいかんのだ」

「店番をしている若者を任意で事情聴取したら、どうなんですか？」

「そんなことで、相手が吐けば簡単だがね。第一、相手が、その時、覚醒剤を持ってなければ、どうしようもないんだ」

と、原島は、腹立たしげに、いった。

「そうですね。コンビニに、覚醒剤が置いてあって、それを、店員が、売り捌く現場を押さえなければならんのですね」

「もう一つ、買い手が、いつ来れば、覚醒剤を買えるのか、どうして、わかるのかという問題があるんだよ」

「買い手のひとりひとりに、電話で連絡するんじゃありませんか？　何月何日に、どこそこのコンビニへ行けば、覚醒剤が、手に入ると、電話で知らせるんじゃありませんかね」

日下が、考えていうと、原島は、笑って、

「電話でだって？　そんなことはしないだろう。おれはね、こう考えているんだ。夜のコンビニは、若者たちの溜《たま》り場だ」

「そうです。私も、何度か、夜、あのコンビニに行ったことがあります」

「午前一時、二時に、若者たちが集まっていても、不審に思われない。それに、覚醒剤の買い手は、若者が圧倒的に多い。だから、覚醒剤を手に入れたい連中は、夜、コンビニに行き、次に、何日に来れば、覚醒剤が手に入るか、知らされるんじゃないか。おれは、そう考えてるんだよ。そこで、君にききたいんだが、あのコンビニに行った時、店番の男、殺された立花だが、彼が、店に来ている連中と、何か、それらしい話をしていなかったかね？　秘密めいた、ひそひそ話をしていなかったかね？」

と、原島が、きく。

日下は、夜半に、あの店へ行った時のことを、思い出してみた。殺された立花が、店番をしていた。だが、彼が、客の若者たちと、秘密めいた言葉のやりとりをしているのを、見たことはなかった。

「それらしい様子は、ありませんでしたね」

と、日下は、いった。

「なかったか。しかし、十津川さんの話だと、君は、殺された店員にも、彼と関係があったと思われる女にも、関心を持っていたそうじゃないか？」

「そうです」

「立花という男は、S組の指示で、あのコンビニを利用して、覚醒剤を売り捌いていたんだと思うし、城崎で殺された小山ゆかりという女も、仲間だと思うね」

「私も、そう思います」

「そして、二人は、S組を裏切ろうとして、殺されたんだよ」

「同感です」

「君は、二人が、一緒に、店にいる時に、いたことがあるのかね？」

「二回、そういうところに、ぶつかっています」

「それなら、二人が、何か合図し合っているようなことは、なかったのかね？」

「それを、今、思い出しているんですが、ぜんぜんありませんでした。第一、私が見ていた限りでは、二人は、あまり話をしませんでしたし、眼や、指で、合図し合っている気配もなかったですよ」

と、日下は、いった。

「小山ゆかりが、店に来ていた他の客に、合図を送るということも、なかったのかね？」

「それもありませんでした」

日下がいうと、原島は、失望を隠さずに、

「参ったな。君が、何か知ってるんじゃないかと、期待していたんだがね」

「申し訳ありません」

「連中は、殺した立花と、小山ゆかりの後釜を見つけて、また、あのコンビニでも、クスリを売るだろう。それを何とか、防ぎたいんだよ」

「殺しが行なわれた直後ですから、しばらく、あの店は、使わないんじゃありませんか？」

「いや、違うね。Ｓ組は、今、金に困っている。一番、手っ取り早く金が儲《もう》かるのは、覚醒剤だよ。すぐ、再開するさ。たぶん、同じ方法でね。だから、連中が、どうやって、客に、覚醒剤の入る日時を知らせているのか、それを知りたいんだ」

と、原島は、いった。

9

翌日、十津川が、城崎から帰って来た。会うなり、日下に向かって、

「原島刑事の話は、何だったんだ？」

と、十津川は、きいた。

日下は、正直に話して、

「どうも、私は、原島さんを、失望させてしまったみたいです」

と、いった。

と、十津川が、微笑したので、日下は、いくらか、気持ちが、軽くなった。

「失望させたか」

「あれから、向こうで、新しく、何かわかりましたか?」

と、今度は、日下が、きいた。

「君には、きかせたくないんだがね」

「今は、何をきいても、驚きませんよ」

「そうか。実は、彼女も、覚醒剤《クスリ》を、やっていたことがわかった。彼女の太腿《ふともも》に、注射の痕があったということだよ。彼女が、殺されるのを承知で、城崎へ戻ったのは、恋人が死んだこともあったろうが、自分も、覚醒剤を射《う》っていたこともあったんじゃないかな」

と、十津川は、いった。

「それをきいて、余計に、腹が立ってきましたよ。S組の連中が、彼女を殺したという証拠は、見つかりませんかね?」

「十二日の夜、日和山海岸近くで、東京ナンバーの車を見たという人間が出て来ているよ」

「その車が、S組の人間の車なら——」

「ただ、下二桁《しもふたけた》のナンバーしか見ていないんだ。だから、それを頼りに、洗い出していかなければならん」

「それは、私がやります」

「いや、それは、他の者にやらせよう。君は、何とか、あのコンビニのことを、思い出すんだ。君は、立花と、小山ゆかりを見ているんだ。だから、何かを、見ているはずなんだよ」

と、十津川は、いった。

彼の指示で、車の洗い出しは、亀井と、西本の二人の刑事が当たることになった。

日下は、ひとりで、京王多摩川の土手を歩きながら、立花と、小山ゆかりのことを、思い出そうと、努めた。

何か忘れていることはないかと、十津川にいわれたし、四課の原島にも、いわれた。

(何か忘れているだろうか?)

と、日下は、歩きながら、考える。

ふいに、日下が、立ち止まった。

(あの週刊誌のことを忘れていた)

と、思った。

小山ゆかりが、週刊誌の棚に行き、週刊Kを手に取って、読んでいたが、ページを折ったまにして、帰ってしまったことである。

あのページには、「こんな女が、嫌われる」という記事が、載っていた。

(彼女は、こんな記事に興味を持つのか)

と、あの時は、微笑ましく思ったのだが、彼女が、覚醒剤に手を出していたとなれば、ただ、微笑ましいだけとは、思えなくなってくる。

日下は、その足で、調布市立図書館へ行き、「こんな女が、嫌われる」という特集の載っている号を、貸し出してもらうことにした。

改めて、そのページを、開いた。

62ページから始まる記事である。

記事そのものは、結構面白いのだが、覚醒剤に関係ありそうなものはない。

有名人が、こんな女が嫌いというコメントを載せているのだが、これも、関係ないだろう。

日下は、週刊Kのその号を借りて、捜査本部に帰った。

「何か思い出したかね?」

と、十津川が、きく。

「思い出しかけています」

「それなら、四課の原島刑事に、こちらへ来てもらうことにしよう」

と、十津川は、いい、電話を掛けた。

原島が、すぐ、飛んで来た。

十津川を入れて、日下と三人で、会った。

「何か、わかったそうですね？」

と、原島が、勢い込んできく。

日下は、週刊Kを、原島の前に置いて、小山ゆかりが、ページを折っていたことを、話した。

原島は、日下が折っておいたページを開けて、

「こんな女が、嫌われる——か」

「そうです」

「若い女が、興味を持ちそうな記事だな」

「私も、あの時は、そう思いました。小山ゆかりが、その記事に興味を持って、読んでいたんだろうと。微笑ましく思いましたよ。しかし、今は、そうは、思いません」

「じゃあ、君は、どう思うんだ？」

と、十津川が、きいた。

「62ページというページ数に、意味があるのではないかと、思います」

「ページ数に?」

と、原島が、強い眼で、日下を見た。

「そうです。あの時は、確か、五月末でした。だから、62ページというのは――」

「六月二日か」

と、十津川が、大声を出した。

「そうです。原島さんは、クスリを買いたがっている客に、次は、何時《いつ》、クスリが入るのか知らせる方法がないかといっていましたね。小山ゆかりは、この方法を、使っていたんじゃないでしょうか? わかる客が見れば、次は、六月二日とわかりますが、別に、覚醒剤の文字もありませんから、警察が怪しんでも、いい抜けができます」

「そうか」

と、原島は、うなずいたが、

「六月二日の何時というのは、わからないね」

「それは、たぶん、ページの折り方によって、示していたんじゃないかと思います」

と、日下は、いった。

「なるほどね。六月二日は、62ページで示せるが、六月二十五日は、どうするんだ? 6

25ページなんて厚い雑誌はないぞ」

と、原島は、いう。

日下は、笑って、

「私が見たのは、五月末でしたから、六月二日を、62ページで、示したんだと思います。六月に入ってしまえば、六月二十五日は、25ページで示せばいいわけです」

と、いった。

原島も、笑って、

「そうなんだ。そうなんだよ」

「問題は、今も、コンビニで、同じ方法を、使っているかどうかということだな」

と、十津川が、いった。

「私は、たぶん、同じ方法を使っていると思います」

と、日下は、いった。

「理由は？」

と、十津川が、きく。

「第一に、連中は、この方法に警察が、まだ気づいていないと思っているはずです。第二は、コンビニにある品物をいろいろと考えてみたんですが、雑誌や、本の他に、月日を伝える適当なものが、思い浮かびません」

と、日下は、いった。

「原島刑事は、どう思うね？」

と、十津川が、原島を見た。

原島は、ちょっと考えてから、

「同感です」

と、いった。

10

相手が、同じ方法で、客に連絡をとっているという前提で、行動することになった。

問題のコンビニは、新しい若い男が、店番に立っている。

小山ゆかりの役目をする客は、いるのだろうか？

日下は、すでに顔を知られている。と、いって、十津川と、原島は、コンビニの常連としては、年齢《とし》をとりすぎている。そこで、若い西本、清水《しみず》、それに北条早苗《ほうじょうさなえ》が、それらしい恰好で、夜半のコンビニへ行くことにした。

日下たちは、待機して、じっと、結果を待った。もちろん、その間に、城崎で目撃された車の洗い出しは、続けられていった。

六月十九日になって、深夜、例のコンビニへ出かけた西本たちは、若い女性客が、週刊Kのページを折って、出て行くのを目撃した。

北条早苗が、折られたページを確認し、雑誌は、そのままにして、店を出た。

そのページは、22ページだった。

あと三日後の六月二十二日に、覚醒剤が入り、このコンビニで、売られるということだろう。あるいは、近くのコンビニでも、同じことが、行なわれる可能性がある。

二十二日の何時ということまでは、わからなかった。日下は、ページの折り方によって、時間もわかるのだろうと思ったが、どうなっていれば、何時なのか、わからない。

十津川は、そのため、二十二日の午前零時から、二十四時間、コンビニを見張ることに決めた。

日下は、この店で、覚醒剤の取引きがあることが証明されただけでは、不十分だと、思っていた。

日下が、知りたいのは、立花と、小山ゆかりを殺した犯人が誰かということであり、そいつを逮捕したかった。

十津川も、同じ気持ちだったろう。だから、例の車の割り出しに、三日間、全力をつくすことを、指示した。

二十日になって、車の持ち主が、絞られてきた。

問題の車が、白のソアラで、持ち主の名前は、加東麻子《かとうあさこ》、二十八歳とわかったのは、この日の夜である。

麻子は、新宿のクラブ「レミ」のホステスで、S組の幹部の女だとわかり、すぐ、捜査四課の原島刑事に、連絡した。

原島は、女の名前をきくなり、

「彼女なら、例の市原の女ですよ」

と、眼を輝かせて、十津川に、いった。

「やはり、そうか」

と、十津川も、うなずいた。

日下は、加東麻子の顔写真に、眼をやって、

「この女が、城崎で、小山ゆかりを殺して、日和山の海に、投げ込んだのでしょうか?」

「彼女の車が、使用されたからといって、彼女自身が、殺したとは限らんさ。市原が、女の車を使ったのかもしれない。市原の動きは、捜査四課で、監視していたから、自分の車

を、使えないということもあったろうからね」

　と、十津川は、いった。

「同感です。市原の車、ベンツは、われわれが、監視していましたから」

　と、原島も、いった。

「彼女の車を使って、チンピラが、小山ゆかりを殺しに行ったということは、ありませんか？」

　と、日下が、きいた。

　原島は、首を横に振って、

「それはない。S組は、規律が厳しくて、自分の不始末は、自分で始末することになっているんだ。立花と、小山ゆかりが殺されたのは、恐らく、二人が、組織を抜け出そうとしたからだと思う。そんな人間を出したのは、市原の責任だから、彼が、自分で、二人を始末したはずだ。それに、幹部といっても、市原は、まだ、若くて、幹部になったばかりだからね。自分で動いたはずだよ」

「それなら、こちらも助かります。相手が、はっきりしていたほうが、戦いやすいですからね」

　と、日下は、いった。

「市原は、今、何処にいるのかね？」

と、十津川が、原島に、きいた。

「四課では、ずっと、市原を監視していますが、彼は、最近、よく東南アジア系の人間と会っています。どうやら、それが、覚醒剤《クスリ》を持ち込んでいる人間と、思われます。コンビニを使った売り捌きは、市原が、提案したものだという噂なので、問題の二十二日には、コンビニ店を、彼が、ひそかにまわって歩くかもしれません」

「その場で、奴《やつ》に会いたいですよ」

と、日下が、いった。

二十一日、日下は、西本刑事と一緒に、問題のソアラの持ち主、加東麻子の監視に当たった。日下としては、立花と、小山ゆかりを殺したと思われる市原を、監視したかった。いや、引っ張って来て、訊問《じんもん》したかったのだが、それでは、向こうに警戒されて、二十二日に、コンビニへの覚醒剤の持ち込みを中止してしまうかもしれない。それでは困ると、四課から釘《くぎ》を刺されていたのである。

麻子は、午後一時頃、自宅マンションを出て、美容院に行った。

そのあと、新宿のクラブに出勤するのだろうと思っていたが、彼女は、ソアラを運転し、六本木に行き、喫茶店で、男に会った。

四十五、六歳の男である。
「S組の市原じゃないな」

と、日下が、小声で、いった。

その男を日下が尾行し、麻子のほうは、西本が、つけることになった。

男は、十二、三分、麻子と話をしたあと、店を出て、タクシーを拾った。

日下も、タクシーをとめ、その後をつけた。

男のタクシーは、世田谷区内のT食品の配送センターで、客を降ろした。

T食品は、最近、外食産業で、営業成績をあげている会社だった。センター内には、T食品のマークの入った小型四輪トラックが、ずらりと並んでいる。

日下は、捜査本部に戻って、そのことを、報告した。

T食品は、都内のコンビニ店にも、弁当やおむすびなどを、毎日、配送している。十津川や、捜査四課の考えは、S組の市原は、T食品の配送係を抱き込み、都内西部のコンビニに、所定の日時に、覚醒剤《クスリ》を、配っているのだろうということだった。市原の女が、T食品の人間と会ったのは、二十一日のことで、念を押したのだろう。

だが、T食品の配送センターの手入れは、すぐには、行なわないことになった。本当の相手は、S組である。今、T食品を調べたら、明日、S組は、コンビニへの覚醒剤の配送をやめてしまうだろう。

麻子の尾行に当たっていた西本は、夜になって、帰って来た。

「あのあと、麻子は、新宿で、市原と待ち合わせをしています。二人は、新宿三丁目のロシア料理の店で、夕食をとったんですが、市原のほうが、ひどく、ぴりぴりしている感じでした。事件のこともあるし、明日のことがあるからだと思います。二人は、二時間近く、その店にいました。何とか、二人の会話を、少しでも知りたいと思いましてね、店のウエイトレスに頼み込みました。二人のテーブルに、何か運んだ時とか、近くに行った時、どんなことでもいいから、二人の喋ったことを教えてくれと」

と、西本が、報告する。

「それで、何か訊けたのか？」

と、十津川が、きいた。

「ウエイトレスがきいたのは、二人が、車のことを話していたことだけです。男が、女に向かって、早く車を始末しろ、もっといい車を買ってやるといっていたそうで、ウエイトレスは、羨《うらや》ましいと、いっていました」

「それは、市原が、彼女の車で、城崎へ行き、小山ゆかりを殺しているからだと思いますね」

と、日下が、いった。

「確かにそうだが、もし、われわれが、車に眼をつけて調べているのを知っていれば、とっくに、スクラップにしているだろう。だから、それは、まだ知らないんだ」

と、十津川が、いった。

「それなら、なぜ、市原は、彼女に、車を始末しろといったんでしょうか?」

「彼自身が、十二日に、城崎か、その近くで、目撃されているのかもしれない」

と、十津川が、いった。

「なるほど。それなら、命取りになりますね」

と、西本が、うなずく。

十津川は、そのあと、考え込んでいたが、

「ひょっとすると、市原は、車ごと、加東麻子を、消してしまうかもしれないな。その車が、城崎で目撃されていても、乗っていたのが誰かわからなければ、市原にとって、致命傷にはならない。ただ、車の持ち主の麻子が、十二日に、市原に貸したと証言すれば、命取りになるからね」

「すぐ、麻子を保護しますか?」

「いや、明日のことがあるから、市原は、すぐには、彼女を殺さないよ。明日、われわれが、コンビニで、連中を逮捕したあとが危ない」

「それは、われわれにとっても、チャンスですね」

と、日下が、いった。

「チャンス?」

「そうです。市原を、殺人容疑で、逮捕するチャンスだと思います」

「よし。日下と西本は、コンビニの手入れが始まったと同時に、市原と、加東麻子のマークに当たってくれ。それまでの間、清水と北条君が、麻子を監視する」

と、十津川が、いった。

11

二十二日の午前零時から、捜査四課との合同で、コンビニの監視が始まった。

四課は、他のコンビニの監視も開始し、何かあれば、連絡してくれることになっていた。

何事も起きないままに、夜が明けた。

朝になると、店番が交代する。T食品の配送トラックがやって来て、今日作られた弁当や、おにぎりなどを、下ろした。店番の若い男が、それを、手伝う。

トラックを運転して来たのは、ユニホーム姿の中年の男だった。

「あいつです」

と、日下が、小声で、十津川に、いった。

「加東麻子に、六本木で会っていたという男か？」

「そうです」

「とすると、覚醒剤《クスリ》が、今、持ち込まれた可能性があるね」

と、十津川は、いった。

近くのコンビニにも、T食品のトラックが、弁当などを、運んで来たという。

いよいよ、怪しくなったが、まだ、手入れはできない。

四課の原島たちは、コンビニの店内が見える場所から、望遠レンズ付きのカメラで、撮りまくっている。

十津川たちも、双眼鏡で、店内を、見張り続けた。

午後になっても、客と、店番の男との間に、怪しい動きはない。

陽が落ちて、夜になった。

監視している刑事たちの間に、いらいらがつのってくる。

客が、覚醒剤を買っているのに、それに、こちらが気づいていないのではないかという不安が、わきあがってくるのだ。

だが、わからないままに、踏み込むわけにはいかなかった。

午後九時を過ぎて、若者の客が、増えてきた。

双眼鏡をのぞき続けていると、眼が、疲れてくる。

西本に代わって、双眼鏡をのぞいていた日下が突然、「おやッ」と、声に出した。

「どうしたんだ？」

と、亀井が、きいた。

「店番の男が、客に、小さなティッシュの袋をあげています」

「宣伝用のティッシュだろう」

「しかし、渡す客と、渡さない客がいます」

と、日下がいった。

十津川は、若い刑事を呼び、Tシャツに、サンダルという恰好で、コンビニへ、買物に行かせた。

彼は、弁当や、パン、牛乳などを買い込んで、戻って来た。

「私には、ティッシュをくれませんでした。それで、欲しいというと、これは、一万円以上、買物をしてくれたお客にだけ、あげているんだと、いわれてしまいました」

「少しの買物しかしない客にも、ティッシュを渡していますよ」

と、日下が、いった。

「間違いないな。ティッシュの中に、覚醒剤《クスリ》を隠して、客に売り捌いているんだ」

十津川は、近くにいた四課の刑事にも、その考えを、伝えた。

そのあと、十津川は、日下と、西本に向かって、

「これから、店に踏み込む。君たちは、市原と、加東麻子のところへ行って来い」

と、命じた。

日下は、西本と、覆面パトカーに乗り込んだ。

捜査一課と、四課の刑事が、コンビニに踏み込むのと同時に、日下は、アクセルを踏んで、車を出した。

加東麻子の監視に当たっている清水と、北条早苗の二人に、無線で、連絡をとる。

〈麻子は、現在、新宿のクラブ「レミ」にいるよ〉

と、清水が、いった。

だが、二、三分すると、今度は、北条早苗が、

〈彼女、呼び出されたわ。店から出て、タクシーを拾ったわ〉

「行先は？」

〈わからない。私たちは、これから、尾行する〉

と、早苗は、いった。

さらに、五、六分して、清水が、

〈現在、麻子の乗ったタクシーは、甲州街道《こうしゅうかいどう》を西に向かっている。今、笹塚《ささづか》近くを通過中〉

と、いってきた。

（京王多摩川だ）

と、日下は、瞬間、思った。

立花が殺された場所だ。もし、あそこで、麻子を、自殺に見せかけて殺してしまえば、立花殺しまで、彼女に、押しかぶせることができると、市原は、考えているのではないのか？

日下は、覆面パトカーを、甲州街道に入れて、麻子のタクシーが来るのを待った。

やがて、現われ、日下と、西本が、清水、北条に代わって、尾行を引き受けた。

前方を行くタクシーは、日下の想像通り、調布市内に入ると、左に折れて、京王多摩川の河原に向かった。

タクシーがとまり、麻子が降りた。日下と、西本も、離れて、パトカーを降りる。

その間に、麻子は、土手に向かって歩いて行く。

日下は、歩きながら、念のために、内ポケットの拳銃《けんじゅう》を、確認した。

麻子は、土手の向こう側に消えた。

日下と、西本は、同じように土手に登り、登りきったところで、腹這《はらば》いになった。

ぼんやりした月明かりの下に、雑草がところどころに生い茂る河原が、広がっている。

その中に、白いソアラが、見えた。麻子の車だ。

麻子は、車に近づく。車内にいた人間が、ドアを開け、彼女の身体が、吸い込まれる。

ソアラは、そのまま、動かない。

日下と、西本は、じっと、見守った。やがて、車から、背の高い人影が出て来た。男だとわかるが、月明かりだけだし、遠いので、顔はわからない。

その男は、何か、ごそごそと、車に細工を始めた。どうやら、後ろの排気筒から、ホースで、車内に排気ガスを引き込もうとしているのだ。

それに気づいて、日下と、西本は、同時に立ち上がり、河原に向かって、駈《か》け出した。

二人の足音に、男が、手をとめて、振り向いた。

日下と、西本は、構わず、駈けた。

男が、車内に逃げ込もうとする。

「動くな！」

と、日下が、叫んだ。
五、六メートルまで近づいて、日下と、西本はとまった。息が弾《はず》む。
「何の用だ？」

と、男が、怒鳴るように、きいた。

「S組の市原だな？　殺人容疑で逮捕する」

と、日下が、いった。

「何を寝呆《ねぼ》けてやがる。おれは、何もしてねえよ」

と、相手がいい返す。

「現に、また、加東麻子を殺そうとしてるじゃないか。西本、手錠をかけろ！」

と、日下が、怒鳴った。

「こいつは、寝てるだけだ」

「コンビニで働いていた立花を、ここで殺し、城崎で、小山ゆかりを殺したはずだ」

と、日下が、いったとたん、男は、鋭く舌打ちして、

「あんたか？　ゆかりに惚れやがって、尾行したり、あれこれ、首を突っ込んで、調べて

やがったのは」

「それが、どうした？」

「あんたが、こそこそ調べなければ、ゆかりも、立花も、死なずに、すんだんだよ。ゆかりは、楽しい毎日を過ごせたんだ。余計なことをしやがって」

「バカなことをいうな。彼女は、お前たちから逃げようとしたんだ。恋人の立花と、彼女の郷里の城崎に逃げる気だった。それを、お前が、まず、立花を、ここで殺し、次に、その車で、城崎まで追いかけて行って、彼女まで、殺したんだ。彼女が、楽しい生活を送っていたなんて、何をいいやがる」

日下は、本当に、腹を立てていた。むちゃくちゃに、腹が立っていた。

市原は、ニヤッと笑い、

「お巡りが、助平心《すけべえごころ》出しやがって」

といい、ポケットから、ナイフを取り出した。

「帰れ！　帰らねえと、この女を殺すぞ！」

と、市原は、怒鳴った。

普段の日下なら、こんな時、相手を、落ち着かせようとするのだが、今夜は、違っていた。

腹立たしさが、倍加された。

いきなり、拳銃を出すと、市原の足に向けて、射った。

銃声、閃光《せんこう》。そして、市原は、左脚を抱えて、悲鳴をあげた。

太腿から、血が噴《ふ》き出した。

「やめろ!」

と、西本が、あわてて、叫んだ。

それでも、日下は、じっと、銃口を、市原に向けていた。

市原は、身体を折って、ただ、唸《うな》り声をあげている。

「日下!」

と、西本が、叫んで、

「こいつは、もうおしまいだ。余生は、刑務所の中だ。もう、射つ必要はないよ」

「――――」

「おれが見ているから、救急車を呼んで来てくれ」

と、西本が、いった。

日下は、やっと、拳銃をおさめると、一一九番するために、とめておいたパトカーに向かって、歩き出した。

十津川警部の休暇

1

久しぶりに休暇がとれて、十津川は、妻の直子《なおこ》と、伊豆《いず》の伊東《いとう》に出かけた。

海岸の大通りから、一歩入ると、伊東は、山が間近に迫り、ホテル、旅館は、海岸か、山の中腹に建てられているのが、わかる。

二人が泊まった旅館は、古くからのもので、寺の隣りにあった。

昔、資産家の別荘だったというだけに、庭が広く、そこに、独立した離れが、点在している。その数は、僅《わず》かに五つ。ぜいたくな造りである。

夕食は、わざわざ、各自の部屋へ、運んでくれる。

四十歳くらいの和服姿の仲居《なかい》さんで、帯に挟んだ名札には、恵子《けいこ》と、書いてあった。

夕食の献立は、さすがに、海のものが多い。

庭に面したガラス戸が鳴ったので、眼をやると、白い、大きな猫が、こちらを見て、身体を、こすりつけていた。

十津川と、直子が、見ているのを知ると、その猫は、伸びあがったり、長い尻尾《しっぽ》を立てて、それでガラス戸を叩《たた》き始めた。

「何か欲しいんじゃないのかしら？」

と、直子が、いうと、仲居さんは、

「食事時《どき》になると、お客さんが、何かあげるものだから、その時間になると、やって来るんですよ」

と、笑いながら、いった。

「飼い猫なの？」

と、直子が、きいた。彼女も、猫が好きなのだ。

「隣りのお寺の境内《けいだい》に、三四、住んでいて、その中の一番、年上の猫ですよ」

「名前は、あるの？」

「野良猫なんですけど、あたしたちは、和尚《おしょう》さんて、呼んでるんですよ。お寺の和尚さんに、似ているんで」

と、仲居さんは、また、笑った。

「私も、何かやっていいかしら？」

と、直子がいい、夕食に出たカツオの刺身を、小皿に入れて、ガラス戸のところまで、持って行った。

直子が、戸を開けると、猫は、興奮して、飛びついてくる。直子が、小皿ごと、敷石の上に置くと、刺身に、むしゃぶりつき、あっという間に平らげてしまった。

直子が、戸を閉めても、ガラスに、顔を押しつけて、去ろうとしない。

今度は、十津川が、アワビの残りを、持って行ってやった。それも、音を立てて、食べてしまった。

「ずいぶん、ぜいたくな食事をしている猫だねえ」

と、十津川は、膳に戻って、仲居さんに、いった。

猫のほうは、十津川たちが、夕食を続けている間、ガラスの向こうで、見ていたが、夕食が、すんでしまうと、諦《あきら》めて、姿を消してしまった。

「明朝の食事の時も、きっと、来ますよ」

と、仲居さんが、いう。

「三匹いるというけど、他の二匹は、どうしてるのかしら?」

と、直子が、きくと、

「他の二匹は、別の旅館に、行ってるみたいですよ」

「それぞれ、縄張りがあるんだね」

十津川は、感心して、いった。

「そうみたいですよ」

と、仲居さんも、笑顔で、うなずいた。

その夜、布団の中でも、夫婦で、猫のことを、話した。

「あの猫に似ているという、お寺の和尚さんに、会ってみたいわ」

と、直子が、いった。

「きっと、太っていて、まん丸い顔をしているんじゃないかな」

と、十津川は、いった。

翌朝、八時半に、朝食が、運ばれて来た。

朝食の膳にも、魚料理が、二品並んでいる。

十津川も、直子も、もう一度、あの太った猫に、ご馳走したくて、しきりに、ガラス戸のほうを見るのだが、白い猫の姿は、いっこうに、現われなかった。

仲居さんも、首をかしげて、

「おかしいですわねえ。夕食で、エサをくれた部屋のことは、しっかりと覚えていて、朝食の時にも、やって来るんですけどねえ」

「他の部屋に行ってるのかな。昨日、他にも泊まり客が、あったと思うけど」

と、十津川は、仲居さんに、きいた。

「ええ。他に、二組のお客様が、お泊まりになっていますけど」

「じゃあ、われわれより、気前のいいお客がいて、きっと、そっちへ、顔を出しているんだろう」

と、十津川は、いった。

朝食のあと、午前十時の出発まで、時間があるので、十津川と、直子は、庭下駄を突っかけて、広い庭を、散歩することにした。

中央に、池があり、その池を囲むようにして、五つの部屋が、設けられている。各部屋を、隠すようにして、松の樹が、植えてある。

池は、浅く、底には、石が敷きつめられ、わざと、魚を泳がせていないのは、前の持ち主の趣味なのかもしれない。

池をめぐって、歩いている中《うち》に、松の根本に、白いものが横たわっているのに、直子が、先に、気がついた。

熊笹《くまざさ》を、配していて、その中に埋れる感じだったので、最初は、何かわからなかったが、眼を近づけて、昨夜の、あの猫だと、わかった。

「こんなところに、寝ていて――」

と、直子は、呟《つぶや》いたが、その言葉が、途中で、消え、顔色が、変わった。

猫の四肢が、硬直し、口元から、血が、流れ出していたからである。

十津川は、屈《かが》み込んで、そっと、猫の身体に、触れてみた。まだ、温かい。が、抱きあげてみると、身体全体が、かたく、こわばっている。その上、彼の腕の中で、どんどん、冷たくなっていくのが、わかった。

「死んでいるの？」

と、直子が、青い顔で、きいた。

十津川は、「ああ。死んだよ」と、小声でいい、そっと、猫の身体を、熊笹の上に、置いた。

しばらくの間、十津川も、直子も、黙って、白い猫の身体を、見下ろしていた。

「毒にでも、あたったのかしら？」

やっと、直子が、声を出した。

「そうらしいね」

「腐った魚でも、食べたんじゃないのかしら」

「この旅館で、腐った魚なんか、この猫にやらないだろう。和尚さんと呼ばれて、可愛《かわい》がられていたようだから」

と、十津川は、いった。

彼は、もう一度、猫を抱きあげ、顔のあたりに、鼻を近づけて、匂《にお》いを嗅《か》いだ。

「何をしてるの？」

と、直子が、きく。

「甘い匂いがする。アーモンドの匂いだ」

「アーモンドの匂いって？」

「たぶん、青酸カリだ」

と、十津川は、いった。

「青酸カリって——」

と、直子は、かすれた声で、呟いてから、

「その猫は、毒を飲まされたってこと？」

「その可能性があるね」

と、十津川は、つい、刑事の表情になって、うなずいた。

「でも、誰が、そんなことを？」

「私にも、わからないよ」

と、十津川は、いった。

二人が、部屋に戻ると、仲居さんが、お茶を入れてくれていて、

「十時になったら、タクシーをお呼びしましょうか？」

と、きいた。十津川は、それに答える代わりに、

「庭で、和尚さんが、死んでいたよ」

「庭でですか？　あんなに、元気だったのに、どうしたんでしょう？」

「このへんに、動物病院はないの？」

「駅の傍《そば》に、一軒ありますけど」

「じゃあ、電話して、獣医さんに、来てもらってくれないか。ああ、診察料は、私たちが、払うよ」

と、十津川は、いった。

仲居さんが、電話して、三十分ほどして、若い獣医が、軽自動車で、やって来た。

医者は、猫の口をこじ開けて、中を診《み》たり、身体に出てきた死斑《しはん》などを、調べていたが、

「毒を、もられたみたいですねえ」

と、十津川に、いった。

「毒は、青酸ですか？」

「たぶん、そうでしょう」

と、獣医は、うなずいたが、

「おかしいな。このあたりじゃ、野良犬や、野良猫の薬による駆除は、してないはずなんだが」

と、呟いた。

「それは、間違いありませんか？」

「ええ」

「しかし、誰かが、この猫に、青酸を、飲ませたんですよ」

と、十津川は、いった。

「しかし、この猫は、みんなに、可愛がられていましたからねえ。この旅館の食事時になると、やって来て、お客から、魚なんかを、もらっていたのは、知っていますが、泊まり客も、それを、楽しんでいましたからねえ」

と、若い獣医は、不思議そうに、いう。

「でも、死んでいますわ」

と、直子が、強い調子で、いった。

「しかし、いったい、誰が、何のために、この猫を殺すんですかねえ」

獣医は、相変わらず、首をかしげている。

十津川にも、そこが、不可解だった。寺の住職が、殺すとは、思えない。仲居さんの話では、野良猫を、三四、境内に住まわせ、大事にしているという話だからである。

この旅館の人たちも、同じだろう。主人も、従業員も、揃《そろ》って、猫好きで、猫が、食事時に、寺から通って来るのを、楽しんで見守っていた感じがするのだ。泊まり客が、食べ物を与えない時は、旅館の人たちが、与えていたと、いっている。

第一、旅館の中で殺すようなことは、しないだろう。たとえ、猫が嫌いでも、寝ざめが、悪いからだ。

と、すると、残るのは、泊まり客ということになる。

昨日、十津川たちを入れて、三組が、この旅館に、泊まっていたと、仲居さんは、いう。

寺の住職でもなく、旅館の人間でもないとすれば、残るのは、この泊まり客だけである。

十津川は、昨日の泊まり客のことを、きいてみた。

一組は、三、四歳の子供を連れた夫婦だったという。住所は、東京の中野のマンションになっていた。

「今朝早く、下田《しもだ》に発《た》たれましたよ。ご主人が、一週間の休みがとれたので、家族で、伊豆一周の旅行をなさっているんだと、おっしゃっていましたわ」

と、仲居さんは、いった。

十津川は、念のために、この夫婦の名前を、手帳に、書き留めてから、

「昨日の夕食の時、この家族は、あの猫に、何かやっていましたか？」

と、担当の仲居さんに、きいた。

「お子さんが、なんでも、猫アレルギーとかで、ガラス戸を閉めたままでしたよ」

「猫アレルギー？」

「お子さんが、ぜんそく気味なので、猫の毛がいけないんですって」

「なるほどね」

と、十津川は、うなずいた。

もう一組は、同じく、東京から来ていたというカップルだった。

男は、五十代。女は、三十歳前後。

「ご夫婦というようには、見えませんでしたねえ」

と、仲居さんは、いった。

「つまり、不倫の仲？」

と、直子が、きいた。

「そこまでは、わかりませんけど、普通のご夫婦のようには、見えませんでしたわ」

と、担当した仲居さんが、いう。

「猫は、どうでした？」

「女の方が、お好きなようで、夕食の時も、朝食の時も、いろいろと、あげていました よ。猫のほうも、甘えたのか、部屋の中まで、あがって来ましてねえ」

「男性のほうは、どうだったの？」

と、十津川は、きいた。

「それが、おかしいんですよ」

と、仲居さんは、秘密めかして、声を低くした。

「おかしいって、何が？」

「昨日の夕食の時は、男の方も、あの猫を、可愛がって、自分のお皿から、お刺身を取って、あげてらっしゃったんですよ。それなのに、今朝は、途中で、急に怒り出して、猫を、庭に放り出したんですよ。あの猫は、お客さまを、引っかいたりはしないはずなんですがねえ」

と、仲居さんは、いった。

「じゃあ、今朝、猫は、その二人の部屋に行ってたのね？」

と、直子が、確認するように、きいた。

「あのお二人は、午前七時に、朝食を頼むといわれていましたから。午前七時に朝食で、八時半に、ご出発ということでした」

「それで、今日、八時半に、出発したのね？」

直子が、さらにきくと、仲居さんは、

「それが、急に、お急ぎになって、タクシーを呼んで、お発ちになりましたよ。八時には、出発なさったんじゃないでしょうかねえ」

「なぜ、急に、早く出発したんだろう？」

と、十津川が、きいた。

「さあ、わかりませんけれど——」

「出発を急がせたのは、どっちなの？　男、それとも、女？」

「男の方ですよ。女の方は、ゆっくりしていたかったみたいですけど、男の方が、叱《しか》りつけるように、急がせて」

「そうだろうね」

と、十津川は、うなずいた。

「何がですか？」

と、仲居さんが、きくのへ、十津川は、

「いや、ただ、そうだろうと、思っただけでね」

と、あいまいない方をした。

問題の二人は、宿泊者名簿には、次のように、住所・氏名が、書かれていた。

〈東京都世田谷区成城《せいじょう》×丁目Rマンション成城506号

新井《あらい》　明《あきら》

同　麻美《あさみ》〉

電話番号も書かれていたが、十津川が、念のために、掛けてみると、それが、でたらめの番号と、わかった。

十津川は、仲居さんや、フロント係に協力してもらって、この男女の似顔絵を作ることにした。

できあがった似顔絵に、仲居さんや、フロント係からきいた男女の態度や、会話の内容を、十津川は、付け加え、それを持って、東京に帰ることにした。

翌日、登庁すると、十津川は、メモしてきた住所と、名前を調べてみた。が、その結果も、十津川の予期していたものだった。メモした住所に、その名前の男女は、住んでいなかった。というよりも、問題の住所が、存在しなかったのである。

午後になって、伊東の獣医から、電話が入った。十津川が、死んだ猫の解剖を、依頼しておいたので、その結果を、電話してくれたのである。

死因は、やはり、青酸中毒による窒息死だという。

「さぞ、苦しかったと思いますね」

と、獣医は、いった。

「死亡推定時刻は、わかりますか？」

と、十津川は、訊《き》いた。

「たぶん、午前八時頃だと思いますが、正確なところは、自信がありません」

「何を食べていたかは、わかりますか？　朝食に、何か食べたと、思うんですが」

「ひらめの焼いたものを食べていますね」

「それは、朝食に、あの旅館で出しているから、客が、やったものだと思います」

「他に、胃の中から、ちょっと、妙なものが、見つかっています」

「何ですか？」

「クロチンを、飲んでいることが、わかったんですよ」

「クロチンって、抗生物質の？」

「そうです」

「確か、私も、肺炎になった時、飲みましたよ」

「ええ。たぶん、カプセル入りで、飲まされたんだと思いますね」

と、獣医は、いった。

十津川が飲んだクロチンも、カプセル入りの錠剤だった。

「あの猫は、肺炎にでも、かかっていたんですか？」

と、十津川は、訊いた。

「私も、気になったので、寺の住職なんかにもきいてみたんですが、鼻をグズグズいわせていたみたいです。風邪《かぜ》をひいていたんだと思いますが、肺炎ではなかったと思います」

と、獣医は、いった。

彼が、あの猫に、クロチンを飲ませたこともないし、寺の住職も、旅館の人たちも、飲ませてはいないという。

「野良猫で、抵抗力があるから、風邪ぐらい、放っておいても、治りますからね」

と、獣医は、いった。

旅館で、十津川が見た時も、猫は元気だったし、風邪をひいているのも、気がつかなかったくらいである。

獣医からの電話がすんで、十津川が、考え込んでいると、亀井刑事が、

「何か、心配事ですか？」

と、きいてきた。

十津川は、男女の似顔絵を見せ、今までの事情を、亀井に、話した。

亀井は、きき終わると、似顔絵を見ながら、

「警部は、この二人が、その猫に、青酸入りのクロチンを、飲ませたと、思っていらっしゃるんですか？」

「旅館に、もう一組、泊まっていたが、こちらは、子供が、ぜんそくで、猫に、何も与えていないからね」

「しかし、この男女は、なぜ、猫に、毒を飲ませたんでしょう？」

「私は、こんな風に考えたんだ。この男女だが、男は、女が邪魔になるかして、殺そうと考えている。それで、女がよく飲むクロチンのカプセルに、青酸を混入しておいた。そして、二人して、伊東にやって来た。もちろん、あの旅館で、それを、女に飲ませる気ではなかったと、思うよ。それでは、すぐ、男が、捕まってしまうからね。だから、旅館を出発して、別れたあと、これからのことを考えようと、いってあったんだと思う。ところが、猫好きの女は、出発の朝、猫が、鼻をグズグズいわせて、風邪をひいているのを見

て、自分が飲むはずだったクロチンを、飲ませた。男は、あわてた。自分たちの部屋の中か、部屋の傍で、猫が毒死したら、怪しんで、警察が、調べ始めるかもしれない。男は、猫を追い払い、女をせかせて、旅館を出発した」

2

「猫が死んだことは、新聞や、テレビで、報道されましたか？」

と、亀井が、きいた。

「いや、私の知る限り、報道されていないね。何といっても、猫だからね。それに、野良猫だ」

「すると、男は、自分の殺意が、ばれていないと思って、女を、殺すかもしれませんね」

「だから、心配しているんだ」

と、十津川は、いった。

だが、住所、氏名のでたらめな男女を、どうやって、探し出したらいいのか？

まさか、新聞、テレビに、似顔絵を発表し、

「あなたは殺されようとしています。すぐ、警察に連絡してください」

と、呼びかけるわけにも、いかなかった。

昨日、六月十五日に、伊東で、猫が死んだことは事実だが、似顔絵の二人が、その猫に、青酸を飲ませたという証拠は、ないからである。

「この二人が、東京の人間だということは、間違いないんでしょうか？」

と、亀井が、きいた。

「その似顔絵の裏に書いておいたが、十四日の夕食の時、女が、『今年の夏は、東京のマンションで、じっとしているのが嫌だから、ハワイか、グアムに行きたい』といい、男が、『連れてってやるよ』と答えているのを、給仕に当たった仲居さんが、きいてるんだ。だから、女は、間違いなく、東京に住んでいるし、男も、たぶん、東京だ」

と、十津川は、いった。

亀井は、似顔絵の裏に、十津川が書き留めたものを、黙読していたが、

「他にも、面白いものが、ありますね。女は夕食の時、男のことを、あなたと、呼んでいたが、一度だけ、部長さんと呼び、その時、男は、なぜか、嫌な顔をした――」

「そうなんだ。旅館のフロント係は、男の背広が、上等な麻製で、高いものだろうと、いっていた。このフロント係は、五十過ぎの人なんだが、若い時、金にあかせて、服装に凝ったという男でね。問題の男の背広は、イタリア製に間違いないし、茶色の靴も、一足八

万円以上という、英国製のジョン・ロブだと、いっていた」

　と、十津川は、いった。

「エリート管理職と、その部下の女性ですか？」

「不倫の組み合わせとしては、よくあるパターンだよ」

　と、十津川は、笑った。

「東京に本社のある大企業の部長でしょうか？」

「それは、何ともいえないな」

「それから、住所のRマンションというのが、気になっているんですが、Rマンションというのは、R建設が、建てたマンションで、都内にも、十二、三あるんじゃありませんか。住所は、でたらめでも、ひょっとすると、このRマンションというのは、嘘《うそ》じゃないのかもしれないと、思うんですが。人間というのは、完全な嘘はつけないものだといいますから」

　と、亀井は、いった。

「そうかもしれないな。世田谷区成城のマンションではないが、都内のどこかのRマンションだという可能性は、大いに、あるね」

　と、十津川は、眼を光らせた。

「早速、調べてみましょう」

と、亀井は、いった。

幸い、他に事件がなかったので、若い西本刑事たちにも、手伝わせて、都内にある十二のRマンションを、片っ端から、調べていった。

成城学園前と同じ小田急《おだきゅう》線の沿線、狛江《こまえ》駅近くに建てられたRマンション狛江で、反応があった。

このマンションの302号室に、似顔絵の女によく似た住人が、いるというのである。

十津川は、亀井と、すぐ、直行した。

三年前に建てられたという真新しいマンションで、2DKの部屋が、ほとんどで、部屋代は、十八万円だと、管理人は、教えてくれた。

「似顔絵と、そっくりの方は、302号室に、去年の十月から入られた、吉田《よしだ》みゆきという女の人ですが」

「今、部屋にいますか？」

と、十津川が、訊くと、

「旅行に出ていらっしゃいます。確か、十四日の昼頃、お出かけになったはずです」

と、管理人は、いう。

「それは、きいていませんが、一週間ほど留守にするので、よろしくと、おっしゃっていましたよ」

「行先は？」

「彼女は、何をしている人ですか？」

「さあ。わかりません。どこかに勤めているという感じはしませんが」

「この男性が、時々、訪ねて来ませんでしたか？」

十津川は、男の似顔絵を見せた。

「男の方が、泊まっていくようですが、この人かどうか。私は、顔を見ていませんので」

と、管理人は、いった。

十津川と、亀井は、顔を見合わせた。できれば、302号室を、調べたい。だが、何も事件の起きていない今の状況では、不法侵入になってしまう。

十津川は、一階にある各部屋の郵便箱を、のぞいてみた。

302号室の郵便箱には、ダイレクトメールに混じって、速達のはがきが、一枚、入っていた。

差出人は、加藤《かとう》ひろみで、住所は、所沢《ところざわ》のマンションである。

〈仕事のことで、ぜひ、相談したいことがあるの。

旅行から帰ったら、すぐ、電話して。

ひろみ〉

それが、はがきの文面だった。

十津川と、亀井は、はがきの主に会うことにした。

西武《せいぶ》所沢駅近くのマンションに、加藤ひろみという女性は、住んでいた。

彼女は、びっくりした顔で、二人の刑事を迎えた。

「みゆきとは、同じW大を出たんです。最近、彼女が、もう一度、働きたいといっていたんで、私も、探してあげていたんです。私の知っている法律事務所で、女性の事務員を欲しがっているので、彼女を、紹介しようと思っているんですよ」

と、ひろみは、いった。

念のために、十津川が、似顔絵を見せ、旅館できいた、身長一六〇センチくらい、やせ型という特徴をいうと、ひろみは、

「間違いなく、彼女だと思いますわ」

と、いった。

「彼女が、部長さんと呼ぶ男を、知りませんか？」

「部長――さんですか？」

「たぶん、みゆきさんが、以前働いていた会社の上司だと、思うんですが」

「それなら、A化学の人だと思いますわ。彼女は、A化学に、勤めていましたから」

と、ひろみは、いった。

「旅行中なことは、なぜ、ご存じだったんですか？」

と、亀井が、訊いた。

「前に電話した時、十四日頃から、一週間ほど旅行してくると、いっていましたから」

「行先は、知りませんか？」

「さあ、それは、ききませんでしたけど」

「みゆきさんは、クロチンを、よく飲んでいましたか？」

と、十津川が、訊くと、ひろみは、微笑して、

「彼女、よく風邪をひくんだけど、そんな時は、クロチンを、よく飲んでますよ。それさえ飲んでおけば、肺炎になる心配がないって。私も、もらったことがありますけど」

「しかし、クロチンは、薬局で、売ってないんじゃないかな。それに、医者は、風邪ぐらいで、クロチンを、処方しないと思いますが」

と、十津川は、いった。

「彼女は、もともと、医者嫌いで、だから、知り合いから、クロチンを、手に入れていたみたいですわ」

と、ひろみは、いう。

「A化学の部長さんですかね？」

「さあ。そこまでは、わかりませんけど」

「警部」

と、亀井が、小声でいって、十津川を、部屋の外に連れ出してから、

「今、思い出したんですが、K製薬という会社がありますが、この会社の親会社は、A化学じゃなかったですかね。そんな話を、きいたことがあります」

「そうか。それなら、話がわかる」

と、十津川は、いった。

3

十津川は、警視庁に戻ると、亀井の言葉を確かめることにした。

確かに、K製薬は、A化学の子会社として、設立されたことが、わかった。そうならば、A化学の管理職なら、子会社で製造するクロチンを、手に入れることは、簡単だろう。

それを、男は、医者嫌いの吉田みゆきに、風邪をひいた時に、与えていたのではないだろうか？

男に、愛があった時は、彼女の身体を心配してである。

だが、愛が消えた時、男は、その中に、青酸を入れて、飲ませようとしたのではないのか。

「とにかく、A化学へ、行ってみよう」

と、十津川は、いった。

新宿西口にある本社に出かけたが、まだ、事件は起きていない。警察手帳を突きつけて、捜査するわけにはいかなかった。

十津川は、受付で名刺を渡し、丁寧《ていねい》に、人事関係の責任者に会いたいと、告げた。

しばらく、待たされてから、丹羽《にわ》という四十歳くらいの人事課長が、会ってくれた。

丹羽は、明らかに、警戒する眼で、十津川と亀井を見て、

「どんなご用ですか？」

「前に、この会社で働いていた吉田みゆきという女性のことで、お訊きしたいことがあり

ましてね。この名前を、覚えていらっしゃいますか？」

と、十津川は、訊いた。

「ああ、吉田みゆきなら覚えていますよ。円満退社ですから、問題はなかったはずです。きちんと、退職金も、支払われていますしね」

「いつ、退職したんですか？」

「去年の九月です。彼女が、何かしたんですか？」

と、丹羽は、心配そうに、きいた。

十津川は、それには答えず、代わりに、例の男の似顔絵を、丹羽の前に置いた。

丹羽の表情が、変わった。

（なるほど。そういうことか）

と、十津川は、思った。

たぶん、吉田みゆきの名前を最初に出さずに、男の似顔絵を見せたら、相手は、こんな風に、顔色を変えたりはしなかったろう。

丹羽の表情から、明らかに、似顔絵の男と、吉田みゆきの間に、関係があり、それが原因で、彼女は、去年の九月に、辞めたに違いない。

十津川は、そんなことを考えながら、

「この人が、この会社にいますね？　たぶん、部長さんだと思うんですが」

と、訊いた。

「確かに、おりますが――」

丹羽は、語尾を濁して、十津川の顔色を窺《うかが》っている。

「名前を、教えていただけませんか」

と、十津川は、いった。

「それは、何のご用か、伺ってからでないと。何か、事件に関係したんでしょうか？」

と、丹羽は、きく。

「お会いして、訊きたいことがあるんですよ」

と、十津川は、いった。

「しかし、それだけでは、どうも――」

「捜査令状を持って来てもいいが、そうなると、この会社にも、傷がつくんじゃないか
と、思いますがね」

亀井が、脅かすように、いった。

丹羽の顔が、青ざめる。短い沈黙があってから、

「うちの保坂《ほさか》企画部長だと思いますが」

と、小声で、いった。

「会わせていただけますか？」

十津川は、あくまで、柔らかく、いった。

「それは、当人に、きいてみませんと」

「では、すぐ、電話して、きいてください」

と、十津川は、いった。

亀井の脅しが効いたのか、丹羽は、電話を取り、企画部長室に掛けて、小声で、きいていたが、

「用件を、教えて欲しいと、申していますが」

と、送話口を押さえて、十津川を、見た。

「吉田みゆきさんのことで、話をききたいと、伝えてください」

と、十津川は、いった。

丹羽が、それを電話で伝えたが、

「企画部長室に、来てくれないかと、申しています」

と、いい、五階の部屋を教えてくれた。

十津川と、亀井は、エレベーターで、五階にあがった。

部長室で会った保坂は、当たり前だが、似顔絵によく似ていた。

ただ、眼は、ひどく、用心深く、二人の刑事を見つめて、

「何か、私の私生活のことで、ご用が、おありだそうですが」

と、いった。私生活とはいっても、吉田みゆきのこととは、いわないのは、彼女のことを意識しているからだろう。

「今、彼女は、何処《どこ》にいます？」

と、十津川は、単刀直入《たんとうちょくにゅう》に、訊いた。

「彼女って、誰のことですか？」

保坂が、眉《まゆ》を寄せて、きき返す。

「吉田みゆきのことに、決まっているでしょう」

と、亀井が、大きな声を出した。

「吉田みゆきさんは、ご存じですね？」

十津川が、訊いた。

保坂は、言葉を選ぶように、

「知っているといえば、知っていますが、それが、何か？」

「六月十四日から、十五日にかけて、あなたは、伊東の旅館に泊まった。そのあと、あな

たは、東京に帰って来ているが、吉田みゆきさんは、自宅に戻っていません。あなたは、行先を知っているはずです。今、彼女は、何処にいるんですか？」

「私と、彼女が、一緒に、伊東へ行ったですって？」

「これは、もう、わかっているんだから、とぼけないでください」

と、十津川は、いったあと、

「なぜ、伊東から、あなただけが、帰京したんですか？」

「私は、伊東には――」

「実は、十四日から十五日にかけて、私も、非番で、同じ旅館に泊まっていたんですよ。あなたと、吉田みゆきさんも、見ています。あなた方が、夕食の時に、遊びに来た白い猫に、エサをやったこともね。私と、家内も、あの猫に、食卓の魚なんかを、やったんです。和尚さんと呼ばれている猫ですよ。覚えているでしょう？」

十津川は、わざと、微笑して見せた。

十津川が、今、考えているのは、吉田みゆきという女性を、助けたいということだった。

保坂を怒らせたり、怖がらせることは簡単だが、それでは、吉田みゆきを助けられなくなる恐れがある。今のところ、彼女の行方を知っているのは、保坂だけだと、思うからである。

保坂の顔に、動揺の色が見えた。十津川が、伊東の旅館に、同じ日に、泊まっていたり、白い猫のことを、話したからだろう。

その動揺を隠すように、保坂は、黙っている。

「それに、翌朝、あの猫が、毒死しているのが、見つかりましてね。青酸中毒死です。仲居さんの話で、あなた方の部屋で、エサをもらったあと、死んだことが、確認されました」

と、十津川は、いった。わざとクロチンのことをいわなかったのは、なるべく、保坂を、追いつめたくなかったからである。

「まるで、私が、その猫を、殺したみたいないい方ですね」

沈黙を破って、保坂は、反撃するように、十津川を、睨《にら》んだ。

「私は、可能性を、いっているだけですよ」

と、十津川は、いった。

「もし、私がやったエサで、猫が死んだとしても、相手は、野良猫でしょう？　どうして警察に、逮捕されなければならないんですか？　そんなバカなことはないでしょう？　違いますか？」

「たぶん、それは、その人の良心の問題でしょうね。少なくとも、私が、何かいうことでないのは、わかっています」

と、十津川は、いった。

「それなら、なぜ、刑事さんが二人も、押しかけて来たんですか？」

保坂は、咎《とが》めるように、きく。

「ひょっとすると、猫だけでは、すまないかもしれないからですよ」

「どういうことですか？」

「それは、あなたが、一番よく、ご存じのはずですよ」

と、十津川は、いった。

「わかりませんね」

と、保坂は、いった。

亀井が、我慢しきれなくなったように、

「とぼけんでくださいよ。あんたが、邪魔になった吉田みゆきを、殺そうとしていることは、よくわかってるんだ！」

と、怒鳴った。

一瞬、保坂の表情が、変わった。が、強い眼を、亀井に向けて、

「どこに、そんな証拠が、あるんですか？　あるんなら、ここに出してくれませんか」

「二人とも、落ち着いてください」

と、十津川は、苦笑まじりに、いってから、保坂に向かって、

「捜査一課の刑事である私としては、事件が起きるのを待っていても構わないのです。だが、一人の人間の死が、予想される以上、それを、何としてでも、防がなければならないのです。だから、こうして、あなたに、お願いしているのですよ」

と、いった。

「まるで、私が、彼女を殺そうとしているように、きこえるじゃありませんか」

保坂が、また、十津川を、睨んだ。

「そうでないのなら、吉田みゆきさんが、今、何処にいるか、教えてくれませんか？　六月十五日に、伊東で、彼女と、別れたのは、事実でしょう？」

「知らないと、私がいったら、どうされるんですか？」

と、保坂が、きき返した。

初めて、十津川の表情が、きつくなった。

「そこまで、否定されれば、私も、捜査一課の刑事として、あらゆる力を行使することになりますよ。あなたを、殺人未遂で、逮捕し、あなたが、どこから青酸カリを入手した

か、どうやって、錠剤の中に、その青酸を混入したか、徹底的に、調べます」

「そんなことが、できるんですか？　事件が、まだ起きてもいないのに」

「私は、依怙地《いこじ》な男でしてね。やるといえば、やります。自分の職を賭けてもね」

と、十津川は、きっぱりと、いい切ってから、また、おだやかな表情に戻って、

「しかし、今は、恐ろしいことが起こらないようにしたいと、思っているのです。吉田みゆきさんを、死なせたくないし、あなたを、殺人犯として、追いかけたくもないのです」

保坂は、また、黙ってしまった。

4

十津川は、そんな保坂に向かって、

「たとえ、不倫であっても、あなたと、吉田みゆきさんは、愛し合っておられたんでしょう？　それが、あなたには、重荷になってしまった。その気持ちも、私には、わかります。たぶん、あなたは、弱い人間で、そんな袋小路に追い込まれたんだと思いますね。私だって、ここにいる亀井刑事だって、弱い人間です。吉田みゆきさんも、きっと、同じだと思う。悲劇というのは、いい人間同士だから、起こることが多いと、私は、思っている

んです。追いつめられて、あなたは、彼女を、殺すことまで、考えるようになってしまった。もし、あなたが、本当の悪人なら、そんな馬鹿なことは、考えない。彼女を、適当にあしらい、自分は安全圏にいて、彼女一人を、傷つけて、平然としていたと思うからです。吉田みゆきさんには、会っていませんが、彼女も、優しい人だと思いますよ。優しいから、あなたを、好きになってしまった。不倫と思っていても、のめり込んでしまった。悪い女なら、あなたから、金だけ、巻きあげていたはずですからね。だから、私は、彼女も殺したくないし、あなたも、犯人にしたくないのです。あなたの家族も、悲しませたくないのです」

と、いった。

そのあと、十津川も、黙って、じっと、相手を見つめた。

保坂のほうが、その沈黙に、耐えかねたように、

「どうなるんですか？」

と、きいた。

「何がですか？」

「彼女が、見つかったあと、私が、どうなるかということです」

「彼女が、無事に見つかれば、私は、引き退《さ》がりますよ」

「しかし、私は、殺人未遂ということで――」

「それは、彼女に、かかっていますね」

と、十津川は、いった。

「彼女に？」

「そうです。彼女が、事実を知って、あなたを、告発すれば、警察としては、捜査せざるを得ませんからね。彼女が、あなたを許して、告発しなければ、警察としては、男女間の問題に、介入したくありません」

と、十津川は、いった。

「彼女は、伊豆の海岸を、ゆっくりと、見て歩きたいと、いっていました。私は、伊東で、別れて、風邪気味なら、クロチンを、飲みなさいと、いっておいたんです。そのクロチンの中に――」

「今は、それ以上は、いわないほうがいいですよ」

「私は、彼女を愛していたんです。その彼女が、いきなり、会社を辞めて、私に、寄りかかって来て、いつの間にか、それが、重荷になってきて――」

「わかりますよ。私と、亀井刑事は、これから、伊豆へ行って来ます」

「私は、どうしたらいいんですか？」

「われわれが、見つけるまでに、彼女が、死なずにいてくれることを、祈っていてください」

と、十津川は、いった。

A化学本社を出ると、十津川と、亀井は、特急「踊《おど》り子《こ》」号で、伊豆に行くことにし、その前に、静岡県警に連絡をとり、本当の理由はいわず、吉田みゆきを探して欲しい、見つかったら、身柄を、確保しておいてくれと頼んだ。彼女の似顔絵も、FAXで、送っておいた。

二人が、熱川《あたがわ》に着いたのは、その日の午後六時少し前である。保坂が、伊東のあと、熱川へ、彼女が行くと思うと、話していたからだった。

駅には、静岡県警の藤田《ふじた》という警部が、迎えに来てくれていた。

四十五、六歳の背の高い男だったが、十津川に会うなり、

「残念なニュースを、申しあげなければなりません」

と、いった。

十津川の表情が変わる。

「死んだんですか？」

「そうです。遺体で見つかりました。遺体は、熱川署にあります」

と、藤田は、いった。

十津川と、亀井は、黙って、顔を見合わせるより仕方がなかった。

藤田の用意してくれたパトカーで、十津川たちは、熱川署に向かった。

署長に、あいさつしてから、十津川と、亀井は、吉田みゆきの遺体に会うことにした。

遺体は、白木の板の上に、横たえられていた。

それを見た瞬間、十津川は、眉を寄せて、

「服が、濡《ぬ》れていますね」

と、藤田警部を見た。

藤田は、あっさりと、うなずいて、

「当然でしょう。海に落ちていたんですから」

「海に？　溺死《できし》ですか？」

「この近くに、城《じよう》ヶ崎《さき》という名所がありましてね。そこにかかっている吊《つ》り橋《ばし》から、昨夜、身を投げたんだと思います。今日になって、海岸で、発見されました。これが、旅館にあった置手紙です」

と、藤田はいい、白い封筒を、十津川に渡した。

封筒の表には、宛名は、なかった。裏を返すと、

〈みゆき〉

とだけ、書かれてあった。

十津川は、中身を取り出した。

一枚の便箋《びんせん》に、短い言葉が、書かれていた。

〈あなたのお気持ちは、よくわかりました。

もう、私には、何もいうことが、ありません。全てのものを整理してから死にますから、ご安心ください〉

「宛名がないし、何のことが書かれているかもわからないので、困りましたね」

と、藤田は、いった。

十津川は、その遺書を、亀井に、渡してから、藤田警部に、

「旅館に残っていたのは、これだけですか？」

「もちろん、旅行用のスーツケースとハンドバッグがありました」

「中身は？」

「着がえの服や、下着、化粧品などが、入っていましたね。ハンドバッグには、財布、運

転免許証、キーホルダーなんかが、入っていました。財布の中身は、二十七万二千円です。それに、小銭が、二百六十円」

と、藤田は、いった。

「彼女は、よく薬を飲んでいたんですが、何か薬は、持っていませんでしたか？」

と、十津川は、きいた。

「いえ、何も、ありませんでしたよ」

と、藤田は、いった。

（問題の薬は、処分してから、死んだのか。それが、全てのものを整理してから死ぬ——という意味なのだろう）

と、十津川は、思った。

十津川は、廊下に出ると、亀井に、

「私でさえ、彼女が殺されるだろうと、思ったんだから、当人が、保坂の殺意に気づくのは、当然だったんだよ」

と、重い口調で、いった。

「そうですね」

「嫌な結果になってしまったね」

「彼女が、悪い女であってくれたら、よかったと、思いますね。自殺する代わりに、保坂を、ゆすってくれたほうが」

と、亀井が、いった。

「彼女が、自殺したのでは、保坂には、どうすることもできないね」

「保坂は、ほっとするんじゃありませんか」

と、亀井が、いった。

＊

二日後、保坂は、Ａ化学を退職した。

十津川は、この事件を、なるべく早く忘れることにした。

本書は一九九四年一一月、実業之日本社ＪＯＹ　ＮＯＶＥＬＳ、
一九九八年五月、角川文庫より刊行されたものを元にしました。

一〇〇字書評

切り取り線

購買動機（新聞、雑誌名を記入するか、あるいは○をつけてください）	
□（　　　　　　　　　　　）の広告を見て	
□（　　　　　　　　　　　）の書評を見て	
□ 知人のすすめで	□ タイトルに惹かれて
□ カバーが良かったから	□ 内容が面白そうだから
□ 好きな作家だから	□ 好きな分野の本だから

・最近、最も感銘を受けた作品名をお書き下さい

・あなたのお好きな作家名をお書き下さい

・その他、ご要望がありましたらお書き下さい

住所	〒				
氏名		職業		年齢	
Eメール	※携帯には配信できません		新刊情報等のメール配信を 希望する・しない		

この本の感想を、編集部までお寄せいただけたらありがたく存じます。今後の企画の参考にさせていただきます。Eメールでも結構です。

いただいた「一〇〇字書評」は、新聞・雑誌等に紹介させていただくことがあります。その場合はお礼として特製図書カードを差し上げます。

前ページの原稿用紙に書評をお書きの上、切り取り、左記までお送り下さい。宛先の住所は不要です。

なお、ご記入いただいたお名前、ご住所等は、書評紹介の事前了解、謝礼のお届けのためだけに利用し、そのほかの目的のために利用することはありません。

〒一〇一－八七〇一
祥伝社文庫編集長　坂口芳和
電話　〇三（三二六五）二〇八〇

祥伝社ホームページの「ブックレビュー」からも、書き込めます。
http://www.shodensha.co.jp/bookreview/

祥伝社文庫

謀殺《ぼうさつ》の四国《しこく》ルート

平成25年7月30日　初版第1刷発行

著　者　西村《にしむら》 京《きよう》 太郎《たろう》
発行者　竹内和芳
発行所　祥伝社《しようでんしや》
東京都千代田区神田神保町3-3
〒101-8701
電話　03（3265）2081（販売部）
電話　03（3265）2080（編集部）
電話　03（3265）3622（業務部）
http://www.shodensha.co.jp/
印刷所　堀内印刷
製本所　関川製本
カバーフォーマットデザイン　芥　陽子

Printed in Japan ©2013, kyotaro Nishimura ISBN978-4-396-33855-8 C0193